河东笔记：一苇所如

胡冰 ◎ 著

人民文学出版社

图书在版编目(CIP)数据

河东笔记：一苇所如／胡冰著.—北京：人民文学出版社，2022
ISBN 978-7-02-017168-2

Ⅰ.①河… Ⅱ.①胡… Ⅲ.①诗集—中国—当代②散文集—中国—当代 Ⅳ.①I217.2

中国版本图书馆 CIP 数据核字(2022)第 083486 号

责任编辑	王永洪
装帧设计	刘　远
责任校对	刘晓强
责任印制	苏文强

出版发行	人民文学出版社
社　　址	北京市朝内大街 166 号
邮政编码	100705
印　　刷	三河市博文印刷有限公司
经　　销	全国新华书店等
字　　数	178 千字
开　　本	880 毫米×1230 毫米　1/32
印　　张	11　插页 5
版　　次	2022 年 6 月北京第 1 版
印　　次	2022 年 6 月第 1 次印刷
书　　号	978-7-02-017168-2
定　　价	66.00 元

如有印装质量问题，请与本社图书销售中心调换。电话：010-65233595

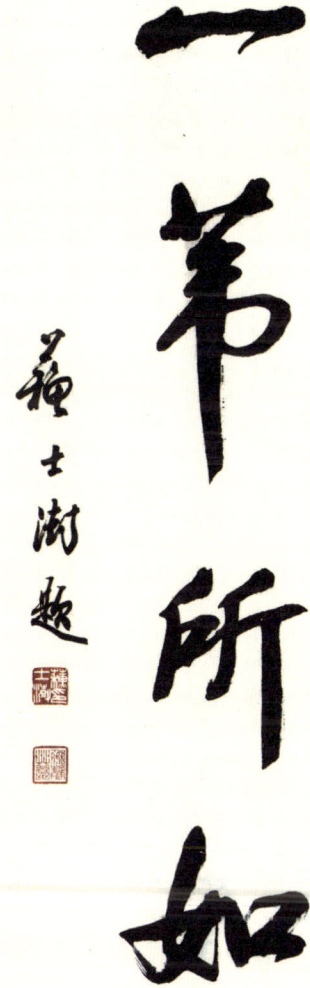

中国书法家协会原会长苏士澍先生题书《一苇所如》

最高樓

辛丑海八進校園修百艘競中流
功名四十堪回首平岛奮追莫言
休老員工新考古作文叟 曾不見
古人悲白髮坐不斷夕陽滄海下
春去中有秋收飛光正好登臨處
回歸紙墨書志方道暢舒懷重聚
會話高樓

胡湘词 最高楼·回归　壬寅仲春敬录

苏士澍書

中国书法家协会原会长苏士澍先生题书《最高楼·回归》

春秋楼下苍松虬龙凤柏奇里来休千戟镗雲生佳气悠悠书篆波神物

自作詩並书 柯东

作者胡冰题书《再访关帝庙》

炎黄遗产光辉天地萧瓜反又明源远流长

己亥初秋心沈树东颖书

作者胡冰题书《自撰联语》

目 录

序 ___001

文旅漫踪

纽约的雪 ___003

修神庙的中国人 ___007

多宝与黑豆 ___015

过客 ___023

鸣沙山与月牙泉 ___032

星耀云升 ___035

庚春随感 ___043

莫干山 ___048

三沙之海 ___053

雪域阿里 ___060

古城的味道 ___072

山水之乐

山海之间___083

雨的天___086

转身的时候___089

无语的长城___094

周原的启示___097

法门寺佛指舍利___100

兵马俑___102

太阳神鸟___103

祭山___105

不同与相同___108

三十而立___113

文化的澳门___115

古城___119

拉祜古寨___120

旅途断想___122

新月___124

那座城___126

喝茶去___128

掠燕湖___130

同学___132

读书断想___136

相识___138

让文物活起来___141

献诗2022___146

州桥的性灵___150

古韵流香

七律　再见信访___155

定风波　再上井冈___157

渔家傲　初心___159

七律　拜兄___161

七律　丝路敦煌___163

七律　南海一号___165

七律　飞行客___167

七律　南海基地___169

五绝　广州塔___171

浪淘沙　吴哥窟___172

风入松　古茶园___175

七律　文物还乡___177

七律　浙西老屋___179

七律　后土祠___181

七绝　篁岭村___184

七律　尼泊尔___185

五绝　夏季___187

五律　武夷山___188

七绝　扬州___189

五绝　玉门古城___190

七绝　赠士澍先生___191

七绝　星云大师___192

七律　台湾行___193

五律　荷风小院___194

七绝　格根塔拉___195

五绝　云深___196

七律　西藏行___197

七绝　郊外___198

七律　致友人___199

七绝　佛罗伦萨___200

七绝　戛纳___202

五律　罗马城___203

七律　巴黎圣母院___205

踏莎行　山海之城___207

七律　金砖巴西___209

七律　吊子厚先生___211

五律　独秀峰___213

七律　悼老李同志___214

七律　"一大"会址___215

五律　迎春花___217

五绝　紫藤花___219

七律　呈张兄___220

五律　雁南飞___221

七绝　北宋彩塑___222

七律　重登鹳雀楼___224

七绝　再访关帝庙___226

七绝　北疆博物馆___227

七律　登盘山___229

七律　颐和园___231

七绝　喇叭沟___232

七律　红山口___233

破阵子　网球___235

七律　打靶行___236

渔家傲　观北斗___237

鹧鸪天　西山___239

清平乐　听讲___240

如梦令　秋夜___242

天净沙　初雪___243

诉衷情　北海___244

望海潮　送战友＿＿245

鹧鸪天　同窗情＿＿248

五绝　送君＿＿250

五律　寄李兄＿＿251

五律　神农架＿＿252

五律　天涯＿＿254

七律　访李道长＿＿255

七律　西行＿＿258

七绝　千佛洞＿＿260

五律　咏馕＿＿261

七绝　乌垒遗址＿＿262

七律　雪至＿＿263

生查子　问候＿＿264

八声甘州　迎辛丑＿＿265

忆江南　天鹅＿＿267

五绝　早春＿＿268

最高楼　回归＿＿269

西江月　观《李大钊》京剧＿＿271

五绝　上巳之晨＿＿273

七律　赠谢家同学＿＿274

齐天乐　习三组＿＿276

七绝　牡丹＿＿279

七绝　安吉___280

五绝　观良渚___281

七绝　金溪___282

五律　三清山___283

五律　庐山___284

五律　大足___285

七绝　三星堆___286

五律　鼓浪屿___287

七绝　泉州___289

七绝　甘泉岛___290

五律　辽博___291

七绝　南疆___293

七绝　格登碑___294

七律　阿里___296

五律　太行峡谷___299

五绝　致球友___300

五律　观道___301

七绝　仁怀___302

五律　遵义会址楼___303

七律　访阳明洞___304

五律　上黄山___306

七律　徽州古村落___307

七绝　协和___309

七律　月圆___310

鹧鸪天　青海___311

踏莎行　对话会___313

七律　立冬___315

江城子　战未央___317

临江仙　访王老___319

七律　新生___321

七绝　春城瑞雪___322

七律　香格里拉___323

五律　寻春___324

七律　赠家乡友人___325

阮郎归　新伙伴___326

扬州慢　怀古___327

一剪梅　法源寺___329

六州歌头　庆开张___331

七律　换场___334

后记___335

序

  山西省永济市古称蒲坂,传曾为五帝之一的舜帝的都城,文物古迹甚多。20世纪80年代后期,我曾有机会在永济访古,印象颇深。十年前,我又以中华诗词学会会长的身份,受邀出席山西·永济第二届"鹳雀楼杯"诗歌大赛的颁奖活动,并授予永济"中华诗词之乡"称号。永济写诗的人多,有不少普通的职工,整体水平也很可观。在我看来,这是一个有着深厚文化底蕴的地方。

  我第一次与胡冰同志见面,是他刚到国家文物局工作时。得知他是永济人,我就说了对永济的上述印象;又听说他喜欢写作,便相信他在文博部门会有新的成果。2022年岁首,与胡冰再次相聚,他说自己已届花甲,即将退休,遂同感岁月之匆匆;同时,他拿出一沓书稿,说是在文物局的诗文集,嘱我作序。

  胡冰的书叫《河东笔记——一苇所如》,收录"2018年5月—2022年2月"的诗文。这是他在国家文物局工作几年来的一种记录,也印证了我对他这个永济人的期许:果然出了成果。

本书由散文、新体诗、旧体诗词三部分组成。其中反映的内容,基本上都与文物事业有关,诉说着作者对文物的认识与感悟,体现着作者对文物工作的热忱与敬业,可以说是一位国家级文物管理部门领导者履行职责的形象反映。

文物是什么?文物就是文化遗产,是源远流长的中华文明的载体与见证,其中蕴含着丰富的历史、文化、科学、艺术价值,也昭示着未来。文物是有生命的,是有灵性的,并为我们今天的新生活提供着中华民族的智慧和创造力。文博部门的工作对象就是文物,是名胜古迹,是文物的保护、研究、展示与海内外交流。这无疑是令人欣羡的职业。这种得天独厚之处,也使文博人对文物有种特殊的感情,并享受着审美的愉悦;而喜欢写作的,则会把所见所闻形诸笔墨,供人们了解和欣赏。例如王冶秋老局长写的《大地新游》一书,我在20世纪60年代就读过,至今还记得他写洪洞县苏三监狱的文和诗。

喜欢写作的胡冰同志有幸进入有意义、有趣味的文博部门,自然如鱼得水。他这样述说自己的写作动因:"壮美的祖国山河,神奇的异域风光,丰赡的历史遗产,宝贵的精神财富,精彩的文化故事,崇高的文物事业,无不时刻荡漾情怀,激励心志,迸发活力,使人常年处于亢奋状态,好像浑身都有使不完的劲儿,想不尽的事儿,总想倾诉一二。"因此,他在三年半能写出如此多的作品,就不奇怪了。可以说,这也是文物的力量。

本书一百四十余首诗歌,其中新体诗二十五首,旧体诗词即传统诗词一百二十首。作者在每首诗后都附有"注",比较详细地说明该诗创作的缘起、背景,亦即诗的"本事",这有利于读者对作品的了解。

胡冰的新诗,想象丰富,富含哲理,往往回环递进,层层深入,警句时出。《周原的启示》就是一例:"从茹毛饮血到打造石器,漫漫百万年;/从狩猎采集到甲骨卜辞,悠悠上万年;/从青铜鼎簋到量子纠缠,泱泱五千年。/历史的长河阻隔着,人与兽,文明与野蛮。/而'礼'字,就像一条船,将那边摆渡到这边。/成礼,需要上万年;/失礼,只在一念间。"《兵马俑》也颇有意味:"是人,千年不作声;/是俑,分明有生命。/面对面,看到了过去的魂灵,/转过身,又感觉是未来的启蒙。"

其他如反映从"丝绸之路"到"一带一路"的《不同与相同》,咏赞"中国文化遗产标志"的《太阳神鸟》,感慨蜿蜒万里、历经沧桑的《无语的长城》,挂念老朋友的《那座城》,写读书感受的《读书断想》等等,都值得品味。

胡冰的旧体诗词,大部分是五七言律、绝;二十八首词,用了二十四个词牌,其中《踏莎行》《渔家傲》用了两次,《鹧鸪天》三次,作者似乎是在多种尝试;多是中调,也有小令(如《忆江南》),又有长调(如《齐天乐》);还有一首曲,即《天净沙·初雪》。他的诗词创作注重格律,讲究平仄。我比较喜欢他的七绝,如《北宋彩塑》:"千年安坐法兴寺,只待因缘会有时。对视灵犀何所悟,佛光幽渺蕴玄机。"又如《再访关帝庙》:"春秋楼下花依旧,龙凤柏前思未休。千载烟云成往事,余留忠义满神州。"都是吊古感今,语言晓畅,发人幽思。五律《咏馕》也颇有风情:"大如蒲叶扇,薄脆溢葱香。入烤为青白,出坑呈嫩黄。龟兹传技巧,近代显灵光。文脉千年续,此馕功最强。"还有一些好的对句,如"云淡天如洗,风和日更辉"(《雁南飞》)、"星罗山叠彩,玉带水流清"(《独秀峰》)、"哭跪鸣冤日常景,推拦阻吓奈何天"(《再见信访》)、"丝路千年传故事,胡商万里奏和弦"(《丝路敦煌》),等等。

胡冰把新诗与旧体诗都收入集中,我认为很好。

现在诗坛上有一种不好的现象，就是一些新诗与旧体诗的作者互相看不起，这是不对的。传统诗词与新诗同是诗歌园地的两枝奇葩，虽诗体各异，诗性却相同。其用以表达主题的意象意境多是相通的，许多诗词前辈都是两栖诗人。现在对新旧诗关系的通达之见多了起来，既写旧体诗又写新诗的队伍也在壮大。正是适应这种需要，《诗刊》增设了旧体诗专栏，《中华诗词》《中华辞赋》也开辟了新诗园地。

集子中十一篇散文，多半是与海内外公务活动有关的随笔、感想。特点是善于从小处着笔，注意细节的描述，或有关历史文化背景知识的介绍。感情充沛，思路开阔，颇富文采。其中《修神庙的中国人》《三沙之海》《雪域阿里》等篇所记的地方，我也去过，都在一二十年前，但由于没有留下文字，有些记忆已变得模糊，这次读胡冰的文章，就感到亲切，也有新的收获。

书名中的"一苇所如"，取自苏轼《前赤壁赋》的"纵一苇之所如，凌万顷之茫然"，苏子之意，为任凭小船儿在茫无边际的江上漂荡，越过苍茫万顷的江面。胡冰之意，当是追求思维的活跃、文笔的灵动，即作者所云："所写所记，信马由缰，文自心生，情由感出"。这也是本书的艺术特点。

总之，《河东笔记——一苇所如》是一本好书，我向作者胡冰同志祝贺,也向读者诸君热情推荐!

郑欣淼

2022年2月于故宫清稽查内务府御史衙门遗址

文旅漫踪

纽约的雪

不曾想,已入三月,纽约还有雪。从芝加哥到纽约的当晚它就来了。窗外,除了远处闪烁的霓虹灯,眼前只有飞舞的雪花。那个猛,在风中跳动着、旋转着,降落伞般扑向地面;那个大,仿佛盛开的白莲,撑起的花裙,不由得想起李白"燕山雪花大如席"的句子;那个密,朦朦胧胧,不远处哈德逊河边停留的二战时期的航空母舰已然模糊,举着火炬的自由女神更无踪可寻了。河畔路灯下的马路,立时被白色覆盖了,密集的车流碾过,留下道道黑色的印痕,像一群群白色的甲壳虫,不断消失在马路尽头影影绰绰的楼群中。半夜时,屋外的雪似乎从窗缝里钻了进来,给房间更添了不少寒意,睡梦中觉得自己像躺在雪地间的小屋里。

晨起拉开窗帘,那一片的白呀!风停了,雪也住了,真是来得骤、去得快,好久没有见过这么大的雪了!踏着没脚深的雪,沿着第五大道走进中央公园的南门,薄阴的天空下的土坡像雪毯一样铺过去,留下一串串脚印。弯弯曲曲的小路两旁,雪堆连着雪堆,天上地下好像漫天都是雪。记得有位诗人说,春雪满空来,触处似花开,真是的。各色树木除了主干可见全是雪挂,好似玉树琼枝、银蛇缠绕,像笼着白色的纱帐,沿途漫肆着,直与远远的雪坡混搅在一起,又如遍地的梨花、梅花、桃花模糊了时节竞相开放,近前一瞧,晶莹剔透,煞是好看。雪桥下的湖面,从边至里,由深变浅,一圈圈、一层层冰雪轻覆,像一块巨大晕白色的玉石,愈到湖心愈加清幽、静谧、透彻。几个老人牵着狗,狗在撒着欢;四处是孩子们在滑雪橇,打雪仗;身边不时跑过着短裙的女子,竟然还有光着膀子的男青年,都在五颜六色地装扮着冰清玉洁的雪的世界。抓起一把雪,这么轻快,居然没有感到冬天的沉重与包袱;这么蓬松,是蕴含着春天的气息么?这么柔弱,怎么全无昨晚的猛劲!想不到纽约的雪还有如此温情的一面。或站雪挂下,或坐雪椅上,或靠雪堆旁,我们置身雪境,戏雪照相,找寻孩童的乐趣,竟然没有寒冷的感觉。我寻思着,纽约的雪毕竟是城市里的雪,与故乡的雪的确不同,既没有"将登太行雪满山"的"雪"那么壮阔,也没有"窗含西岭千秋雪"的"雪"那么淡远,又不是"独钓寒江雪"的"雪"那么清冷,可能是"雪里已知春信至,寒梅点缀琼枝腻"那样的清爽柔美吧。

这种感觉如同脚上的雪迹,一直延续到了去纽约大都会博物馆里,以至于琳琅满目的艺术品也没能把它冲淡。情不自禁中与陪同的友人交流了感受,友人说,雪后的曼哈顿夜晚也别有味道,还可以接着去踏雪观景。

夜幕下路上的雪已经消融,两旁屋舍顶、空地里,沟沟坎坎上的积雪在灯光中泛着灰黄斑驳的色调。站在对岸新泽西州的雪坡上,遥望夜晚的曼哈顿灯火辉煌,可以联想起纽约曾经的辉煌与荣光,而眼下的寒意与积雪又会让人格外冷静,感到今日面临的挑战与不易。美国现任总统特朗普就出生在纽约,在他的主导下,美国又走到和平与发展的另一个十字路口,就像今晚的曼哈顿,处在冬季与春季的交替中。"有梅无雪不精神,有雪无诗俗了人",雪后沉思也应该是一种境界,怀着浓浓的雪味,可以仰望万家灯火之上的浩瀚无垠的天空,可以俯瞰高楼大厦旁侧的滚滚东流的哈德逊河。美国的雪和中国的雪各有不同,西方的天气和东方的天气都在随时变化,感觉它们,尊重它们,适应它们,才能寻找到共同的乐趣。

今我去兮,晴空万里。翌日早晨,在阳光灿烂中我们离开了纽约。远处依然一片银装素裹,白茫茫的空地上,觅食的寒鸦像几个移动的黑点。雪后的阳光照着高楼的玻璃反射着耀眼的光芒,房舍屋下滴答着消融的雪水,偶见楼间树丛中的迎春花抢先绽放,三三两两的跑步者在尽情享受着这冬日的阳光。第十二大道上依然车流如潮,城市里的人们永远是那么的忙碌,大概全世界的城市都是一样。

  坐在机舱里,脑中还是纽约的雪。纽约的天气真像孩子的脸,变得快,但愿大家关心的政治气候不要像天气这样。此次赴美追索返还中国文物还算成果丰厚,正是中美两国有关部门密切合作的结晶,在当前复杂多变的气候下实属不易。可见,文化遗产交流合作是能够做到全天候的,这是中美关系中最活跃、最生动、最具亲和力的元素,是增进两国人民友谊和了解的独特桥梁,应该坚持下去。

  有道是,阳和启蛰。雪过后,春天也就到了。

作于 2019 年 3 月 4 日返国航班上

修神庙的中国人

飞越白雪皑皑的喜马拉雅山巅，加德满都就要到了。加德满都是尼泊尔的首都，位于加德满都河谷西北部巴格马提河和比兴马提河交汇处。据说，公元16世纪李查维王朝的国王在市中心用一棵大树修造了一幢三重檐的塔庙式建筑，称之为"加斯达满达尔"，梵语意为"独木之寺"，后简称为"加德满都"。1768年以来，加德满都一直为沙阿王朝的首都，海拔一千三百七十米，年平均气温二十度左右，终年阳光灿烂，绿树葱郁。它以精美的建筑艺术、木石雕刻而成为尼泊尔古代文化的象征，1980年被联合国教科文组织列入亚洲重点保护的十八座古城之列。

我们穿行在古老的宫殿、庙宇以及大小宝塔和车水马龙的狭窄街巷间。加德满都的古代建筑有上千座，五步一庙，十步一塔，名字稀奇古怪，各种教派建筑眼花缭乱，有人把这座城市称为"寺庙之城"，其中百分之八十以上的人口信奉印度教。从哈努曼多卡宫、古赫什瓦里庙、贾格纳特寺到塔莱珠女神庙、帕尔瓦蒂庙,无论雕梁画栋、镂花门窗,还是砖墙石塔、木刻神像,都有讲不完的宗教故事和阐释不尽的历史文化价值。随便走去,迎面处处古建,虽说似懂非懂、浮光掠影,但一见总比百闻强。且不说巴格马提河岸帕舒帕蒂寺的天葬那触目惊心的熊熊火焰,帕坦杜巴广场王宫博物馆湿婆神和帕瓦蒂夫妇各种相拥相抱的精美木雕,卡尔拜拉弗大型浮雕中的头戴宝石冠、白色眼珠、犬齿暴突,几只手分别持有宝剑、斧头、盾牌、头骨的表情狰狞的湿婆神化身黑拜拉弗像和林伽崇拜,只是巴德岗杜巴广场被誉为"中世纪尼泊尔艺术的精华和宝库"的马拉王宫金碧辉煌的金门和雕工精湛的五十五扇窗户就令人惊奇回味,还有斯瓦扬布纳寺并排供奉的掌握世俗生育大权的印度教女神与庄严肃穆的藏传佛教佛龛,以及门前竖立的深受尼泊尔人信仰的《罗摩衍那》中保护神毗湿奴的坐骑猴神哈努曼,都让人置于既和谐相融又神秘莫测的氛围,而寺庙周边自由散漫的猴群和横躺竖卧的野狗们,又给人平添了一些随意自然的印象。耸立在山顶的斯瓦扬布纳寺的佛塔造型奇特,塔座四周各绘一双大大的神眼,塔座以上十三层,尖形的塔冠直插云天,阳光照耀下的纯白塔基、金黄塔身及高耸的宝顶交映生辉。站在塔旁俯瞰,整个加德满都尽收眼底。陪同我们的援外文物修复工作组负责人对加德满都市这些古代建筑比较熟悉,他一边讲解这些不同建筑的特点与他们正在修复的九层神庙的异同,一边顾不上抹去脸上的汗水,拿着相机跳上跑下,顺手拍下那些新发现的精美的木雕和石刻作为资料。

九层神庙位于加德满都市中心南部,它是马拉国王时期和随后沙阿王朝的旧王宫。近前是四处林立的脚手架和正在工作的当地工匠们,正门一侧树立的标示牌上介绍,现存建筑面积五千六百平方米,是尼泊尔唯一以佛塔形式为居住使用的建筑,庭院四角各建一塔,砖墙承重,木构披檐,木雕门窗十分精致,尤其是用于支撑披檐或屋顶的斜撑上刻满各式印度教神像,具有极高艺术价值和历史价值。从戴着安全帽的修复项目总管介绍中得知,2015年4月尼泊尔发生八点一级强烈地震,九层神庙建筑群遭到严重损坏,有五百五十平方米的局部建筑完全倒塌,大多数墙体产生变形和开裂,并伴随出现墙体渗水、基础沉降、排水不畅等问题。2017年11月应尼泊尔政府的请求,中国政府援外修复工作开始,预计明年竣工。

中国的援外文物修复人员是一支年轻的队伍,除几位老专家外,守工地的多数时候是几位年轻的女孩子,她们大都是建筑、考古等名校名专业毕业的博士和硕士,现场一线的修复工作促使她们成熟很快。小心翼翼地攀着逼仄的楼梯上到塔楼的平台,看见尼泊尔的工匠正在技术人员的指导下干着木活。负责现场管理的女孩子看上去满脸稚嫩,但谈起修复工作来却显得十分老到,言谈中我们了解到文物修复工作中所遵守的理念与方法。他们坚持文物保护的真实性、完整性原则,在修复工作中对现存木构件保存完好的进行清理后原位安装,木构件局部残缺或糟朽严重的做些修补再继续使用,而缺失的木构件则指导当地木匠按原形制、原材质、原作法进行补配,最大限度地保留了原建筑的历史信息及风貌。

本着中尼人民世代友好的原则,我们的修复工作人员在项目实施过程中不仅创新业务技术、加强质量管理,而且注重对尼方技术人员培训,总结并形成木作工艺操作规程等一系列技术文件。他们严格现场管理,建立交接制度,所有构件的离场、进场均由双方代表签字确认。同时,利用数字化技术全面完整地记录九层神庙现状及维护过程的信息,以备将来以可视化途径阐述、表达和共享这一中尼友谊成果。这一工作,得到尼泊尔有关业务主管部门的充分肯定,前段时期尼泊尔现任总理还冒雨进行了察看。隔天到尼泊尔国家文物局办公楼拜会局长时，他笑容满面，非常诚恳地告诉我，中国文物修复团队理念新、技术好、能吃苦、很友善，他们欢迎并邀请进一步扩大交流与合作。

　　加德满都最繁华的地方是泰米尔街，属于尼泊尔国家级文物保护范围，中心区域由五六条街巷组成，是游人们的购物天堂。这里没有想象中的高楼林立、绿荫夹道，以及名牌店铺霓虹灯的闪烁，反而是嘈杂混乱，道路凹凸不平，尘土飞扬，摩托车和汽车争道，行人和小贩穿插，特色小商铺一个挨着一个，路边摆的日用品上灰尘一片，完全就是我国20世纪80年代初期刚刚开放的小县城模样，恍然间真有穿越时空之感。我们中国援外文物保护人员就住在其中一条巷子里，这是一座普通的民居，楼下做饭，楼上住宿，离他们负责维修的九层神庙不远。虽然空间狭小，但团队里几个年轻的女孩子收拾得还是蛮干净的。一只尼泊尔小狗摇着尾巴友好地扑上来表示欢迎，墙上贴的带有国旗的中国援外文物保护的标牌十分醒目。女孩子们个个脸色黝黑，用英语与邻居们随便打着招呼，如果不是因为穿着中国文化遗产研究院的工作服，看上去与当地人已经差别不大了。问吃住如何，她们带着容易满足的表情连说很好，还说这个地方既省钱又省时间。

　　饭后出门散步一定要随时随处小心，满是灰尘的日本产、印度产的小汽车和摩托车会在你眼前戛然而止，发出刺耳的声音，或从你身后突然窜出，擦肩而过，让人心跳加速。熙熙攘攘的人群中，白的黑的男士们穿着拖鞋不慌不忙，头顶着什物的目不斜视，背着东西的弯腰低头只顾行走，女士们艳丽醒目的长裙好像随便搭缠在身上，现出宠辱不惊的样子。窄窄的墙角躺着仿佛永远不想醒的歇凉人，野狗随处卧，见人爱答不理。偶尔遇见卧在路中间的神牛，瘦骨嶙峋，完全看不出"神"在哪里。十字路口有警察，用手势指挥着交通，但看起来作用十分有限。过马路时一定要结伴并两头张望而行，千万不要指望头顶上方破旧的红绿灯来指挥，因为两天以来从没见亮过。熟悉的小商铺老板，看见中国援外人员走来，会大声招呼着，邀请进门歇脚，并没有推销小店里的蜜蜡、菩提籽手串或者铜的木的佛像之类，只是"嗨嗨"地说几个关键词并外加手势，老朋友般地热聊着，内容大多都是神庙修复的话题。

加德满都与许多大都市一样，市郊的环境比市内好，除了到处都有千年不变的寺庙建筑，还有好山好水好空气以及类似中国乡村老屋一样迷人的山区景色，它们也纳入尼泊尔文化和自然遗产保护范围。离开市区往东北方向爬行三十多公里，靠近喜马拉雅山南麓海拔两千多米有个村庄叫纳加阔特,坐落在正对着喜马拉雅山的一处山脊上,被称为"喜马拉雅山的观景台",可以最广最美的视角看世界第一高峰珠穆朗玛峰。半山腰零星地散布着一些小酒店,条件很一般,但还算干净,特别是自来水清澈阴凉,比市内酒店里泛黄的水质不知强了多少倍。坐在酒吧阳台小憩,看见援外的同志们远眺东北,云雾朦胧中的喜马拉雅山诸峰若隐若现不大清晰,但丝毫没有影响大家拍照的雅兴。有人告诉我,那是朝向祖国的方向。

坐在返程的飞机上,又看见脚下连绵的雪峰,这是世界海拔最高的地区。但喜马拉雅山再高,也阻挡不了中尼两国人民交流的脚步。早在晋代时就有著名僧人法显到过尼泊尔境内释迦牟尼佛祖诞生地蓝毗尼,唐代时高僧玄奘沿途经历"九九八十一难"亦曾到访此地,并驻留很长时间。在尼泊尔访问期间,只要提起他们的名字无人不晓。元朝时尼泊尔著名工艺家阿尼哥也曾到中国,北京市的重要市标白塔寺当年就由他监造。今天的"一带一路"就是古代丝绸之路的延续,新一代中国文物人一定会做出自己应有的贡献。返程前我问一位长期在异国他乡工作的女孩子生活上有何苦恼,她若有所思地笑着回答,看到外国人对我们文物修复成果的满意与感激,内心非常充实和自豪,其他个人的事就都忘记了。

　　飞机的轰鸣声让我丝毫没有睡意，不由得自问自答，此行最大的感受是什么，我们能为援外的同志们做些什么，今后如何提升中外文化遗产交流工作水平。我想，虽然加德满都很美，但美并不在风景，而在文化魅力；"一带一路"的纽带表面在物质方面的联系，实质却是感情上的沟通。愿通过我们文物人的坚实工作和努力进一步推动世界各国之间的文明对话、思想交流和民心相通，不断增强中华文化影响力，实现命运共同，各美其美，美美与共。

作于 2019 年 5 月 24 日午后返国飞机上

多宝与黑豆

家里人除外,脑海里经常浮现的还有两个小家伙:一个叫多宝,一个叫黑豆。黑豆来家时间晚,个子虽大,却是多宝的小弟。

多宝是一只苏格兰折耳蓝猫,刚出满月即被朋友抱来。蓝灰的皮毛,黄亮黄亮的圆瞪瞪的眼睛,稚气怕生的眼神,奶声奶气的喵喵声,让人感觉到脱离母爱的孤单与可怜。孩子们尤其喜欢抱它,买东买西,喂吃喂喝,很快就成为家庭里被关注的中心。饭桌旁,椅子上,沙发中,脚前脚后,忽左忽右,它悄无声息,总在你的身边。或蹿上跳下,或迷眼独卧,或摇尾伸腰,或抬头张望,可爱的样子总是招来全家人喜悦的目光与爱抚,女儿说家里又多了个宝贝,就叫多宝吧。闲时抚摸它的颈项、脊背、尾巴,毛茸茸的,很有韵感。小爪胖墩墩的,肉乎乎地贴着胳膊有说不出的舒服。它伸直身子,四爪展开,肚皮朝上,任你揉挠,享受的样子让人忍俊不禁。黑豆的名字,是大家为这只法国斗牛犬起的。

它被孩子从外地牵回,刚一进门就被我撞见了,心想咋还有这么黑这么丑的狗呀!矮矮的个子,扁扁的脑袋,浑身黑油油的,竖着两个小耳朵,满脸都是夸张的皱纹,咧着与脑袋极不相称的大嘴巴,流着哈喇子,呼哧呼哧喘着粗气,短短的小尾巴像被剪断了一多半,傻乎乎地瞪着眼睛看着你,闷头闷脑,一声不吭,好像等待你的认可。几天过后,越看越觉得不那么丑了,那种憨劲反倒有了几分可爱,不知不觉大家都把它称作黑豆。

多宝的窝在阳台,小巧精致的塑料房子里铺着暖暖的棉毯,专用的猫沙、进口的猫粮分放两角。各种玩具不少,挂着的小彩绳、棉质小鼠,滚着的小皮球、小铃铛,磨爪子的纸墩,防臭的日本纸板,还有专用指甲剪、项圈、毛刷、鸡毛掸,该有的都买了。快递小哥成了常客,多宝的用品开始源源不断从四面八方运来。相比较而言,黑豆却好养多了,拴在门口,放个食盆,吃剩下的饭菜,给多少吃多少,从不挑食。什么时候都是张着大嘴巴,一副吃不饱的样子。刚来几个月没听过叫声,还以为是哑巴呢,后来慢慢地跟院里的狗也学会了叫,只是不怎么好听。

多宝的身姿很漂亮,欧洲血统,头大脸圆,四肢粗短,耳朵虽没有完全扣在头上,体格却越来越高大健壮,圆圆的眼睛随着不同季节皮毛的变化而呈现各种颜色，黝黑深邃的眼珠始终放射着不可捉摸的蓝光，很自然地让你感到它好像属于"精灵族"的一类。只有当闭着眼睛盘卧休息的时候，你才体会到它还有温柔安顺的一面。蓝猫作为一个古老的猫品种，其历史可追溯至古罗马时期，由于拥有悠久的育种历史，可以称得上是猫家族中的典范。据说，1961年苏格兰一户猎人家里的一只母猫产下了一窝小猫，其中一只长着像小精灵一样的脸，耳朵紧扣着脑门，十分神秘可爱，因为原产地靠近苏格兰的库泊安格斯，动物学家便根据出生地及耳朵下折的现象命名这个品种为"苏格兰折耳猫"。而高地折耳猫的产生还要追溯到二战期间，当时这种英国短毛猫濒临灭绝，人们为了挽救这个品种，一度用波斯猫和英短繁殖后代，此举虽然拯救了英短，却也使许多折耳的血统里带上了波斯长毛的基因。或跑或动，或蹲或卧，或洗脸舔毛，或尾巴变形，几乎所有家人的手机里都留有多宝的倩影。我虽然喜欢书法，却没有画过动物，但多宝是例外，它成了我无意识地学习动物写生的模特。而对于黑豆，就没有那么强烈的写生冲动了。它永远都是傻傻的样子，并不在乎与多宝待遇的区别，吃过饭就卧在那打盹，好养得很。

养猫就要懂得猫尾巴的秘密。猫咪是善于沟通的，它是动物界的语言专家之一，除了声音之外，它们亦时常借由尾巴摆动来传情达意。猫尾巴有几十种摆动姿势，要了解它的情绪与想法，就要注意多观察。比如，它尾巴拖后，尾尖向上微弯，表示正悠闲而惬意；如全神贯注，尾巴略提，柔软弯曲，说明它对面前某个东西很有兴趣；如果尾巴竖起，尾尖弯曲或直立，这是友善且愿意亲近的表现；而尾巴垂下并夹于后腿之间，就显然是惊慌或顺从的意思；假如原地不动，但尾尖突突振动，表明有点儿烦躁；若尾巴笔直竖立，毛也乍起，绝对是危险的讯号，警示你它已全面戒备且伺机进攻。

最难的是为多宝修剪指甲和洗澡。像哄小孩子一样，得亲切地叫着它的名字，轻轻抓着它的脚，一点儿一点儿剪，那指甲格外锋利，稍有不慎，就会在胳膊上留下爪印。洗澡就更难一些，需要一个人哄着轻压着，另一个人边打洗毛液边用毛刷刷。随着体格的健壮，出于安全考虑，后来只能送宠物医院代劳了，费用可不菲。黑豆就好办得多，不但不用剪指甲，它还很喜欢洗澡。大盆热水一放，就乖乖地站着或卧着任人洗刷，只是最后要小心，它一蹦出澡盆常常会猛然抖动全身，弄得水花四溅。

不觉两年过去，多宝长大了。写字时，它会半卧着身躯在椅子上远远地看着你，或拖着尾巴悄无声息地从我写的墨迹未干的宣纸旁溜来溜去，却从不踏上宣纸，似乎很懂事地在检查着什么。小小的书房里四处堆放着书籍，桌面上零七碎八摆着当用的什物，笔架两边挂着毛笔，盆花放在桌沿，它有时也好奇地跳上书桌，但奇怪的是，它总是小心翼翼，并不碰动这些零乱的物品。它对乒乓球有特别爱好，玩乒乓球时它最兴奋，半爬在地上，下巴贴地，弓着后腿，两眼炯炯有神地盯着乒乓球，脑袋随着乒乓球的弹跳上下摆动，一俟乒乓球落地就迅速扑上去，无论滚到哪个角落，它都会伸出前爪把球掏出来，并刨到你的身边。拖布池里的笊篱圈也是它的玩物，任何时候进屋都会发现笊篱圈扔在地上。安上去涮拖布，它会静静地看着，刚转身离开，它就跳进去把笊篱圈掏出来刨到地上，好像故意跟你作对似的，让人又生气又好笑。有时进家门听不见响动，叫几声无回应，四处寻找不见时，你会着急纳闷，但突然它会在高高的书柜顶或杂物上某个角落喵喵两声，伸个懒腰，露露面，算是打了招呼。家里来了客人，它一般不怎么喜欢搭讪，只是警惕地看上几眼，就缓缓地离开。

如果说多宝是贵族的派头，那黑豆就是平民，平民自有平民的风格。下班一进门，它就扑上来，踮着后腿站立着，两只前爪做欢迎状，眼睛紧盯着你的手，主要看有无吃的。拍下它昂起的脑袋，它就死抱着你的腿，裤腿上会留下朵朵爪痕,迫使你衣服洗得更勤了。黑豆好客,不分生人熟人,连快递小哥也能混熟。快递小哥来时摇头摆尾、跑前跑后,走时紧随其身、张望良久,很有点儿主人的意味。一看见黑豆拖着套绳往门外蹦的时候,我就知道司机快到了,虽然还看不见汽车的影子。小区大门口离家里相隔几栋楼,要拐几个弯,是黑豆提前听到了汽车轮子的响动,还是嗅到了汽车的特别味道,至今仍是个谜。司机老段是个爱狗的人,常常下班时把自己在食堂舍不得吃的鸡蛋或水果出其不意地展示在黑豆的面前,逗得它蹦得老高哼哼乱叫,围着老段转圈,或在他身上乱蹭,或躺在地上打滚,一副赖皮撒娇的样子。吃完了东西,它会愉快地跑在前面随你去遛弯,有时忘了给吃的,它就撅着屁股不愿出去,得边拽着绳子边招呼着才跟着你走。黑豆的眼睛总是湿湿的,有时粘着眼屎,常可怜巴巴地望着你,等着你的抚摸与喂食。秋天海棠果成熟的时候,摘几个果子喂它,它会咔嚓一下急忙咽下去,然后抬起头久久地望着树上,嘴角不断流着哈喇子。再摘下一片树叶逗它,它会把树叶填到嘴里嚼几下吐出来,再用爪子拨拉拨拉,憨厚老实的样子让人难以忘记。

　　多宝和黑豆都通人性。送走它们的时候,黑豆不愿上车,哼哼唧唧地要往下蹦,车门关上后还可以看见它的两只前爪搭在车窗玻璃上,脑袋使劲往外探着、探着。多宝到了朋友家两天不吃不喝,垂头丧气地拖着尾巴,又警惕地看着朋友,对眼前精心摆放的美食嗅都不嗅。朋友不在时,它就把食盆抓翻在地。无奈之下朋友找我讨问对策,通过视频我看见多宝远远地缩在房间的角落,冷冷地瞪着前方。一下子瘦了!心里的感觉马上变成了怜爱的呼唤,我连声叫着多宝、多宝,快过来吃饭。几声过后,它好像听见了熟悉的声音,慢慢地走到镜头的近前,摇着脑袋看了看,终于低头大口地吃了起来。朋友高兴极了,我们都没想到还会有这么一幕!

多宝与黑豆是背着孩子们送走的,孩子们知道后很不高兴,我也有时难免落寞。看不见多宝的身影,一早起来喂食铲屎的任务没有了,轻松得一时有点儿不太适应。黑豆叫早的汪汪声听不到了,现在需要提前定好闹钟。晚上回家再不用出门遛狗了,人也就变得懒了。散步看见别人牵着狗,有时忍不住多看几下,眼前就会浮现黑豆的憨憨的模样。

时间渐渐过去了。这次出差外地路过朋友家的时候,很想代表全家人看看它们,无奈朋友也外出了。刚送走它们的时候还忍不住时常问起它们的情况,现在虽然不好意思再问了,但它们那可爱活泼的样子一点儿也没有忘却,毕竟给我们的生活曾经增添过许多乐趣。实话说,正是爱它们才将它们提早送给同样爱它们的人,因为我怕以后时间长了更难以承受离别的心痛。

作于2019年6月9日晚由并返京飞机上,
6月10日早略有修改

过　客

　　雨后的空气格外清新,阳光很刺眼,坐在车里也不敢把眼睛自然睁开。道旁树木葱绿,叶子上留有亮晶晶的水珠,绿化带里的月季花鲜艳夺目,万绿丛中朵朵红粉。上班的大小车辆交织在一起,灰的白的黑的红的,一辆接着一辆,缓缓移动着。间或有夹塞的车辆,更平添了一些堵点。骑摩托的、蹬三轮的、等公交的以及匆匆行走的人,都面部紧绷,目不斜视。扭头看去,有老年人带着小孩子去上学,打工的三轮车上拉着青菜,骑摩托车的男青年载着女青年,蹬单车的戴着耳机,抢眼得很。那些等公交车的,有的两眼直瞪着前方,漫无目标,似醒非醒;有的打着哈欠,懒洋洋站着。擎着小红旗的"黄帽子"维持着秩序,极力疏导着人流。黄灯亮时,互不相让的车子还在加速通过,骑车的更没有停下来的意思,过斑马线的行人正小跑通过。不远处辅道的拐弯处,加油站前免费洗车的牌子下洗车的超过加油的,排着长长的队伍。想起二十多年前刚调到北京的时候，人也是很多，自己每天骑着自行车，随人流上班下班，只不过那时没有这么多的汽车，谁能想到以后的北京会成为汽车的都市，在限号的情况下，每年还有几十万辆车的增幅，这让市区更加拥挤。现在据说，连电动汽车的牌子摇号都要排到若干年后了。

车道沟到了。桥下的引水渠里碧波流淌，载着游客的龙头机船向颐和园方向驶去，犁开一道宽大的水沟。桥头悬挂着用铁丝制作的标语，上面的几行字是社会主义核心价值观的内容。昔日这里还是大片农田，几十年以后却成了城区，变化之快难以预料，真有沧海桑田般的感觉。旁边的蓝底白字的地铁站牌格外醒目，车站像巨大的吞吐机，一群一群的人进进出出。现在的地铁四通八达，已经穿过四环、五环到了六环的郊区，与过去不可同日而语。站外黄的绿的自行车一排一排，有的倒在地上，人们从旁边匆匆走过。商业化刷卡自行车是近几年出现的新生事物，城市自行车服务大战的结果虽说方便了行人，但也因管理不善而影响了交通环境。

车在行进着，绝对传媒的艺术广告牌高高矗立，外卖小哥的摩托车、快递的三轮车从汽车专卖行、快餐店前匆匆穿过，公交专用线上的公交车一辆接着一辆，车上的人都在低着头看着手机。道旁高楼有人家阳台上的鸽子笼非常显眼,一群鸽子带着哨音飞向天空。底楼商铺门上悬挂的中信证券、北京商业自助银行、苏宁易购、肯德基的招牌字体各不相同。道旁的眼镜店、超市、美发店还未开门,而水果店里却灯光一片,一大早居然就有买卖。拐角的小吃铺半卷着门帘,热腾腾的蒸锅被早起的人围着。

前面就是西直门立交桥,桥上桥下车流滚滚,立体的交通,上下相叠的车辆构成一幅现代图画。阳光从高耸的楼顶斜射过来,眼前的车盖上闪着光,像一个个发热的小光球在滚动着。楼顶上高高架着的信号杆的影子一闪而过。路边的书报亭已经开了门,卖彩票的窗口还关着,旁边的宣传栏里京东集团的艺术广告字体很大,还有巨幅照片的明星在做着夸张的动作。高大铁门前的一个保安无精打采地站着,边打着哈欠边斜着眼睛左右张望。路旁有个小孩背着大书包,吃力地弯着腰匆匆走过。有人牵着狗,眼瞅着小狗抬着腿搭在树根上,任其撒尿。正前方出现了尖尖的建筑物,提醒你可能是座教堂,近前一看果然不假。过去也经常从此路过,没有留意到新街口这里还有教堂。可见,如不用心观察,再醒目的东西都可能熟视无睹。

左拐就是平安大道了,拐角的地方围着一处大的工地,高高的吊车臂孤零零地伸在半空,印着欧阳先生的书法宣传字体的彩色喷图围墙挡着视线,看不到里面的工地。路面坎坷,汽车颠得咯噔咯噔响。过去听人说,北京不少地方的马路就像拉链,今天合上了,明天又拉开,事实确是如此。城市规划和管理是个综合性大课题,所有发展中国家在这方面都有很长的路要走。平安大道两旁的建筑总体上是仿古的灰色调,看上去有不少北京老四合院的样子,附庸风雅的人家门前还蹲着一对工艺品石狮。灰色的院墙,黛色的屋顶,间或有高挑的檐角与不伦不类的脊兽,偶尔夹杂一段绿色琉璃瓦的围墙,看起来是旧的,其实都是新做的。尤其是现代的窗户,酱色的窗棂,大块的玻璃,上面安装着白色的空调,加上不少人爱好的漆红大门,还有一般门顶上都有的黑底黄色自创字体的各种牌匾,给人有种说不出的别扭。总的感觉,不如前门大栅栏一带庄重、厚朴,具有传统的韵味。

  不觉间,荷花市场就到了,波光荡漾的湖水只一晃就藏到树木后边了。北海公园北门口站着不少晨练的人。车辆行驶更加缓慢,两旁骑车的、行走的挤在一起,人行道上不分顺逆都有人在走。前面不远处就是著名的南锣鼓巷,这一带比较热闹,五花八门的门店一间挨着一间,大玻璃窗里展示着各色样品,门框上挂着与皇城有关的一些唬人的招牌,让人应接不暇、眼花缭乱。刚闪过北方羊蝎子、京城第一涮、台湾豆腐浆、京味烤鸭、护国寺小吃,又见青春美容美发、靓丽整形医院、洁白口腔专科、宝宝宠物医院,还有好利来蛋糕店、四季水果店、音乐翅吧、秋不老栗子、狮子黑糖,以及常见的高山茶庄、万年大药房、冬虫夏草专柜、特定烟酒专卖店,加上工农中建各银行、东西南北各保险以及红火一时的房产租赁,一家家,一户户,看得人头晕,不由得闭上眼睛,让它们一晃而过。

一片小树林出现在眼前,林中露出一段复原后的残旧城墙,这就是皇城根遗址公园,晨练的老人在碎石小路上悠闲地散步,上班的青年人从雕塑小品旁匆匆走过,人工种植的叫不上名的花稀稀拉拉开着,间杂在绿草中间。这里曾是历史上明、清皇城根东墙的位置,近年来随着人们的环保和文保意识的提高,繁华的闹市中建起了各式小公园,努力营造一种清新、雅致、亲近自然的现代环境。

车子一进入单位,就忘却了路上发生的一切。每天陀螺一般的上班生活被各种文件、会议、讲话和调研填充得满满的,说不上劳累,也谈不上愉快。时光飞快,转眼一天又到了下班时间。冬天某个时节甚至两头不见太阳,上班时晨曦微现,下班时太阳已落。这种状况习以为常,日复一日,年复一年。

想起暮春时节有天下班的时候,碰上零星碎雨,天空一片灰黑,从车窗可以看见,遥远天际处亮光的地方渐渐移动的云层,后海上方群群燕子在空中飞舞,梭子一般地穿来穿去,那真是精灵们的舞蹈。再看雨中的行人,有背着手的徐徐而行,有打伞的边走边望,有穿雨披的脚步匆匆,有头顶手提包在小跑的,也有光着脑袋从容不迫蹬着单车的。忽然领悟到大千世界各有自己的生存相处之道,不必千篇一律,和谐、顺意、适度、自然,人类社会才会充满生机。

又一个夏季的下班途中,远看西山,夕阳下形成一条弯弯曲曲的轮廓线。柔和的光影,像慈祥的老年人的手,无力而柔情地抚摸着眼前的高楼、树梢和大地。树木变为浓郁的黛绿色,有森森的阴凉感。骑车的懒洋洋地蹬着脚踏,全不如早上时那么精神。一群人站在斑马线的尽头焦躁地等着绿灯。路边小店里的灯光提前亮起来,偶有人影进出。一会儿工夫,太阳落下去了,远处影影绰绰的山峰看上去有点儿重叠,灰灰的模糊一片,让位给近处黑的山包了。都市里人类的活动告了一段落,而夜晚的山区有些动物却活跃了起来。这里的人们休息了,地球上别的时区的人还正忙活着自己的事情,有时想想,这是多么丰富有趣而充满活力的世界!

冬日有时碰上难得的雪景,大地白茫茫一片,无论汽车还是人流都显得小心翼翼的样子。光秃秃的树干上,干枯的树枝顽强地弯曲着,在天空中形成黑黢黢的剪影,好似宋元时期的古画,而缩着脖子的枝头小鸟的偶尔叫声,却提示你这是现实的画面。路边的行人穿着,虽然比起夏天五颜六色、花枝招展般的打扮简单多了,但无论穿皮毛大衣的、老棉袄的,戴帽子和绒毛手套的,还是穿棉夹克的、羽绒服的,色彩依然比较丰富,红的、绿的、灰的、黑的、白的,或是杂色的,给冬日的路面上增添了一些鲜活的气氛。

秋高气爽几乎是所有住在北京或在秋天来过北京的人的共同感受,秋天确实是北京最美的季节。早晨起来,碧空万里,明媚亮丽的阳光自在地挥洒在每个角落,染黄了树叶,涂红了草尖,大地仿佛披上一层彩衣。凉爽的风吹来,周身滑溜溜、凉丝丝的,十分惬意,让人完全遗忘了夏季的闷热、潮湿和烦躁。远天飘动的云朵如棉絮一般,坌泠泠,虚乎乎,白生生,洁净爽快。与春天温润的感觉相比,这个时候是爽朗的,思绪是跃动的,古人描写秋天的一些诗句会自然浮现到脑海中,让你无比佩服先贤们对生活的细致观察和深刻体验。坐在车里,你可以闭上眼睛,与前人共享一下对秋天的感觉。"空山新雨后,天气晚来秋",这是王维的秋山;"万壑泉声松外去,数行秋色雁边来",这是萨都剌的秋泉;"袅袅兮秋风,洞庭波兮木叶下",这是屈原的秋风;"树树皆秋色,山山唯落晖",这是王绩的秋树;"停车坐爱枫林晚,霜叶红于二月花",这是杜牧的秋叶;"暗暗淡淡紫,融融冶冶黄。陶令篱边色,罗含宅里香",这是李商隐的秋花;"秋风万里动,日暮黄云高",这是岑参的秋云;"落霞与孤鹜齐飞,秋水共长天一色",这是王勃的秋空;"秋风起兮白云飞,草木黄落兮雁南归",这是汉武帝刘彻的秋雁;"碧云天,黄叶地,秋色连波,波上寒烟翠",这是范仲淹的秋色;"稻花香里说丰年,听取蛙声一片",这是辛弃疾的秋收;"蒹葭苍苍,白露为霜。所谓伊人,在水一方",这是《诗经》里的秋思;"秋天的梦是轻的,那是窈窕的牧女之恋,于是我的梦静静地来了,但却载着沉重的昔日,只有一枝梧叶,不知多少秋声",这是戴望舒的秋梦。古往今来,不知留下多少咏秋的诗句,描写秋天的诗句好像比描写春天的还多,很可能因为秋天是收获丰满的季节吧。

春夏秋冬,走的都是一样的路,尽管道旁的风景和每天的心情有所不同。几十年过去,从骑着自行车到开着自驾车,再到坐着单位的配车,从黑发走到白发,从盲目、激烈、功利走向宁静、充实、达观,自己没有因虚度年华而后悔,也不会因碌碌混日而羞愧,倒是常常快慰于尽力而为的努力中。

  时令在变,路面在变,交通工具在变,路边楼房窗户里的人也在变,路上的面孔也在变。而不变的是马路的名字,城市的节奏,民族的文化和永远的时空。有时想来,城市就像个大舞台,舞台不变,演员却在换,有点儿乱哄哄,纷攘攘,你方唱罢我登台的意思,所以一定要冷静把握,找好位置,演好自己;人生也如白驹过隙,日月永恒,过客匆匆,虽说无论喜乐,不管成败,都在太阳的三万多次起落中完成一个轮回,但如何享受和充分利用这个过程,却是永远的"生命之问"。每日每月每季每年,人人都走在外出和回家的路上,自觉或不自觉地演绎着一个个不同的故事,也给后人留下一串串深深浅浅的脚印。

作于 2019 年 6 月某日车上,后两日略有修改

鸣沙山与月牙泉

古往今来,不少文人墨客都在敦煌的鸣沙山和月牙泉留下诗文。"山以灵而故鸣,水以神而益秀",自汉代起,这里即是"敦煌八景"之一。当我第三次来访的时候,才发现它们真正的美在于相伴与坚守、和谐而中道。

它们动静相对。月牙泉很静,像瑶池里的仙女,娇小婉丽,清纯羞涩,面带微笑,又似敦煌的眼睛,晶莹透澈,幽蓝静深,高贵冷峻。鸣沙山喜动,像不知疲倦的乐手在弹奏着各种曲子,发出嗡嗡的响声。风是它的搬运工,勤奋地劳动着,将沙子拖上来滑下去;又是它的美容师,日夜梳理着,维护着它整洁的模样。

它们虚实相宜。月牙泉是空灵的,如三界外遗留的一块宝玉,澄灵碧透,神秘莫测,镶嵌在空旷的沙漠里,在星月之夜给你讲述遥远的丝绸之路的故事,引发你无穷的遐想;又似佛祖手中的金色婆罗花,无形中点化世界,示人以智慧,除却你心头郁积的阴霾。鸣沙山却是实在的,憨厚纯朴、坚贞不屈、心无旁骛、踏踏实实蹲在那里,任凭风吹日晒、雨雪风霜,无论铁马金戈,沧海桑田,永远忠实地充当着守护神的角色。

它们刚柔相济。月牙泉温润无比,绿树掩映下,水光潋滟中,弯弯的月牙翡翠般澄澈俊美。而当晚霞落尽,弦月倒映泉中之时,鸣沙山怀抱里的她又是那么的温顺柔和!相较之下,鸣沙山是刚强的,健硕的,远远望去,绘画一般的线条勾勒出挺拔的脊梁和轮廓分明的身材,倔强的脑袋和坚毅的脸庞像朝圣者一样,顽强坚守在大漠戈壁,虔诚地匍匐在天地之中。

它们阴阳相生。看见月牙泉,感觉好像天河里的一勺水,清凉、洁净、阴柔,与之相遇,可以洗去长途跋涉后的一身尘土,慰藉一时倦怠的精神;又如坐在一片阴凉的菩提树荫下,微风吹过,躁动的心会立时沉稳下来,让人感受到大漠深处的清静与和谐。再看鸣沙山,是阳光的,雄壮的,兴旺的,红、黄、绿、白、黑五色的沙粒在阳光照耀下闪着光芒,散发着热腾腾的阳刚之气,你会赤着脚,或躺或坐或滑动,沉浸在沙海的沐浴里,心中禁不住燃起莫名的向往与希望。

它们主辅相成。月牙泉隐藏在鸣沙山的背后,紧紧依偎着鸣沙山,烘托着鸣沙山的高大雄壮,同看一队队骆驼迎着朝阳沿着山脊走过,留下串串铃声。鸣沙山搂护着月牙泉,抚慰着月牙泉,执着地保佑着它的美丽纯洁,让她静静地躺在那里,享受这尘世间的安宁,免得被说不清的喧闹所打扰。

它们与不远处的莫高窟遥相守望,一脉相连,天人相合。一边是万载的沙泉,上苍的化育;一边是千年的造像,人工的奇迹——共同演绎着敦煌的传说,吟唱着敦煌的过去、现在与将来。正所谓,日月和佛窟常伴,清泉与沙丘共存。

当我乘坐飞机离开鸣沙山和月牙泉的时候,脑海里依然浮现着它们的影子。有人说,"鸣沙山怡性,月牙泉洗心,莫高窟澄怀",大约是吧。

作于 2019 年 7 月

星耀云升

佛光山佛陀博物馆过去不怎么听说,星云大师的尊名却早已如雷贯耳。几年间,断续读过大师一些语录,闻知大师诸多故事,心往神之的愿望今天终于实现。

来前从有关资料得知,早在1938年,大师即在南京栖霞山寺礼志开上人披剃出家,法名悟彻,号今觉。祖庭为宜兴大觉寺,为临济宗第四十八代传人。1949年到台湾,1967年创建佛光山。大师以弘扬"人间佛教"为宗风,树立"以文化弘扬佛法,以教育培养人才,以慈善福利社会,以共修净化人心"宗旨,致力推动佛教教育、文化、慈善和弘法事业,在国际宗教界享有盛誉。

昨天下午,一进佛光山,即感觉气象非凡。左边是淙淙流水的高屏溪,右边是规模宏伟的寺院建筑群,大雄宝殿、大悲殿、大智殿及大愿殿等坐落其中。沿大门而上,迎面是数十米高的站立接引佛,佛左手下垂作欢迎状,右手举至肩,掌心向前,手指朝上,表示"接引上天",阳光照耀下的接引佛反射出万道金光,四周围绕着四百八十尊小型金身阿弥陀佛塑像,景象庄严。大雄宝殿位于山体正中,占地五千多平方米,是寺院中最大的殿宇,高高悬挂的牌匾上"大雄宝殿"四个字由张大千先生书写,内供三尊二丈余大佛,四面墙壁有一万四千八百尊小佛龛,万灯辉映下,大雄宝殿显得格外神圣。寺院旁边,是2011年竣工开放的佛陀博物馆,最引人注目的是博物馆上方一百零八米高的释迦牟尼佛坐像,佛髻高盘,额头广阔,双耳下垂,面带微笑,右手莲花指,左手接引状,远远望去十分崇伟肃穆。昨天抵达后我们有幸入住佛像座下的接待中心,一夜安然、怡然。

早上起来,阳光灿烂,我们重点参观了佛陀博物馆"佛光大佛"坐像下的地宫,这里供奉着大师从印度请回的释迦牟尼佛真身舍利。地宫内金碧辉煌,雕刻精美,收藏丰富,各个时期的铜质佛像均有代表。博物馆园区内还有三好儿童馆、四给塔文化广场、五和塔喜庆之家,以及常设馆、展览馆,另有可容纳两千人的大觉堂,定期举办各种艺术表演和国际论坛。

大师提倡人间佛教,大力弘扬"欢喜与融和,同体与共生,尊重与包容,平等与和平,自然与生命,圆满与自在,公是与公非,发心与发展,自觉与行佛"理念,先后撰有《释迦牟尼佛传》《星云大师讲演集》《佛教丛书》《佛光教科书》《往事百语》《佛光祈愿文》《迷悟之间》《当代人心思潮》《人间佛教系列》《人间佛教语录》等近两千万字著作,并被翻译成英、日、西、葡等十余种文字,流传世界各地,全球信徒达数百万之众。1991年大师主导成立"国际佛光会"并任会长,一百七十余个国家或地区设有分会,是全球华人最大的社团,实现了"佛光普照三千界,法水长流五大洲"的目标。大师顺应时代潮流,不遗余力地强调,要成佛,就必须在人道磨炼、修行,先做人再成佛,不管小乘、大乘、显教、密教,都要有人间性,人间佛教是未来光明之道。这与六祖惠能大师曾倡导的"佛法在世间,不离世间觉,离世求菩提,犹如觅兔角"一脉相承。

在博物馆大厅的义创商店,遇到一对新人正在选购纪念品,当闲聊中得知他们当年的婚礼就在佛光山举行时,我们感到很惊讶,大家都感佩佛光山开放的胸怀和融入世俗生活的勇气。小伙子表示,他很幸运有因缘在佛陀慈悲的见证下成婚,他与家人都感恩三宝、大师成就他们佛化婚礼,让他们学会佛菩萨利人的处世原则和经营好未来生活的积极态度。我向陪同的法师请教相关情况,她说,所谓"十年修得同船渡,百年修得共枕眠",佛化婚礼与佛结缘,婚礼上恭读星云大师祈愿文,可以用真善美打开新人的心眼,期勉新人以"慈悲和爱"处世,以福培福,互相包容,尊重长辈,热心公益,带来事业的成功和家庭的平安幸福。

  午后接到告知,大师可以与我们见面。近年来,大师年事已高,佛体欠安,已很少会客了。走进大厅,大师坐在轮椅上早早等候着我们。我急忙上前,一边紧紧握着大师的手,一边说,久仰大师,特来拜访,感谢大师对海峡两岸文化交流的支持。大师连说,欢迎欢迎,你们几时到的?住在哪里?回答过大师的问话,我在桌子的对面落座后,抬起头来恭敬地端详大师。他头发花白,面容慈祥,略带微笑,一袭黑色长袍,胸前挂一串又黑又亮的佛珠,气度从容,庄重高大。大师精神很好,他说很高兴见到大陆来的朋友,并愉快地回忆起他几次与大陆文博单位交往的故事,期待海峡两岸在弘扬传播中华文化上继续深度合作。他说,我们都是中国人,台湾许多人都是早年从大陆过来的,不承认自己是中国人实在荒唐。个别政要想来见我,我不见,他们不承认两岸一家亲嘛。说到激动处,大师宽大睿智的额头闪着光亮,略显苍弱的身体难掩一股豪气,可以感觉到内心深处涌动的强烈爱国情怀和对家乡的无比热爱。我邀请大师再访大陆,大师笑着回答,只要身体可以,就一定再去。

当大师讲到一生致力于人间佛教的时候,扭头对身边的徒弟们说,你们给大陆来的贵客唱一段《十修》歌吧。一边又对我说,这歌词是我写的,曲调是我家乡扬州的民歌调。"一修人我不计较,二修彼此不比较,三修处事有礼貌,四修见人要微笑,五修吃亏不要紧,六修待人要厚道,七修内心无烦恼,八修口中多说好,九修所交皆君子,十修大家成佛道,若是人人能十修,佛国净土乐逍遥。"我前段刚好去扬州听过当地歌谣,那熟悉的低沉悠扬的歌声响起,通俗易懂的歌词传入耳中,仿佛感到一股正在燃烧的陈香弥漫在身边,香风沐浴,内心无比沉静,又如高屏溪水潺潺流下,荡涤一切尘嚣,一汪清水澄澈胸怀,还似佛光山顶的白云缓缓飘动,种种烦恼杂念都已远去,一种飘然出世的感觉占据心头,又像璀璨的星辰在夜空中闪烁,将欢快洒落在人间,为心灵进行了一次洗礼。这天籁之音绕梁不绝,让人忘我,让人心醉,让人忧伤,让人快乐,大家都沉浸其中。不觉歌声停止,周围一片肃静。再看大师,正襟端坐,神情庄重,双目平视前方,仿佛在沉思什么。

稍顿片刻,大师慢慢扭头又讲,请把《观音发愿文》也给贵客唱一遍。"南无大悲观世音,愿我速知一切法;南无大悲观世音,愿我早得智慧眼;南无大悲观世音,愿我速度一切众;南无大悲观世音,愿我早得善方便;南无大悲观世音,愿我速乘般若船;南无大悲观世音,愿我早得越苦海;南无大悲观世音,愿我速得戒定道;南无大悲观世音,愿我早登涅槃山;南无大悲观世音,愿我速会无为舍;南无大悲观世音,愿我早同法性身。我若向刀山,刀山自摧折;我若向火汤,火汤自枯竭;我若向地狱,地狱自消灭;我若向饿鬼,饿鬼自饱满;我若向修罗,恶心自调伏;我若向畜生,自得大智慧。"一阵阵激切嘹亮的佛歌,如排山倒海注入脑际,想不到发愿文音色这么高亢激越,慷慨雄壮,富有气势。歌声如诉,冷暖自如,人世间的各种欢乐、辛酸、痛楚都是修炼,都是加持,不要脆弱,不怕孤独,不会寂寞;歌声如问,我心向善,过尽千帆,淡化一切风霜雨雪,身经沧海,沉淀所有波澜壮阔;歌声如水,润物无影,一会儿若即若离,不绝如缕,一会儿铿锵有力,荡气回肠,每一个音符下,仿佛都埋藏着一颗平静、柔韧而巨大的心灵,与你伴随,给你力量;歌声如梦,得大自在,禁不住你去倾听,去憧憬,像黑夜里的灯光,像朗空中的明月,像春天里的微风,像冬日里的火炉,像慈母的呵护,像严师的教诲,像冲锋陷阵的号角,像千军万马的呼喊……歌声中,大师的形象在眼前虚化飞升,如菩萨般端坐莲花台上,既光芒四射,又和蔼可亲。大师把佛教人间化、通俗化、生活化、艺术化,让佛教走进常人百姓身边,驻留凡夫俗子心田。大师希望相互之间"给人信心、给人欢喜、给人希望、给人方便",人人做好事,人人说好话,人人存好心,人心祥和富有,人民幸福快乐,建设美丽芬芳的社会。这些理念与实践易懂能做,催人自省,教人修持,使人崇高。

歌声中时间过得飞快,我既想继续听讲唱,又怕大师劳累。犹豫再三,我还是站了起来,取出一幅来时写就的篆体"和"字书法卷轴,并作揖说,谢谢大师现场教诲,大师经常倡导"五和"(自心和悦、家庭和顺、人我和敬、社会和谐、世界和平),临别我送大师一个"和"字,祝愿大师健康长寿,德惠两岸,和谐天下。大师转身接过卷轴连说,好、好、好。同时也让徒弟拿过他写的一幅"禅"字送我。接过大师书法,现场的同仁为我们留下珍贵的合影。这是大师有名的"一笔字"。四十多年前,大师罹患糖尿病,眼底逐渐钙化,导致视力减弱乃至失明,近年写字时只能凭着感觉去写,不论书写几个字,都要一挥而就,一笔完成,所以称为"一笔字"。

道别大师,再次握手,大师坚持要坐着轮椅送我们到大楼门口。汽车开动了,大师还在频频招手。那和蔼的形象,诚意的神态,非常的气度,为佛教事业和两岸和平不懈努力的精神,深深地刻在脑海中,打动着我的心。佛在眼前,我心即佛,得道多助,有大师这样的众多高人的指点与努力,相信海峡两岸和平的明天很快就会到来。

　　汽车在山道上盘行,我的思绪却越来越清晰。真是山不在高,有仙则名;水不在深,有龙则灵,路不在远,有悟则行。弯弯山路,声声感叹,一首七绝在脑海中浮出:

　　　　众生普度遍天涯,
　　　　佛我即心本一家。
　　　　四给十修三好意,
　　　　云升星耀坐莲花。

　　谨以此诗献给星云大师!

作于 2019 年 7 月台湾

庚春随感

病毒肆虐下,路封了,人宅了,天气仍冷,心也沉甸甸的。虽然送菜到社区,购物有快递,手机能刷刷,但时间久了还是难免有些单调、寂寞、昏沉。几十天来第一次乘车驶出楼门,放眼望去,街宽车稀,行人鲜少,一股凉气禁不住从脚底升起。但猛然间,太阳却出来了,阳光辉映,天高气清,西山朗朗,天空那么亮,那么柔,那么温暖,心情也为之一振。此刻,久宅后的你会格外地感到:早春二月,阳光真美!

车窗摇开,微风吹拂,偷偷摘下口罩,贪婪地多吸几口旷野之气,倍觉沁入心脾。人们万万没有想到,小小口罩居然成了庚子年备受期待的奢侈品!有个段子说,过去有戴着口罩去抢钱的,现在却是拿着钱抢不着口罩。口罩啊口罩,成为国人日里夜里共同议论的话题。冬去春来,口罩何时可摘?人们都在急切地盼望着答案。记得有个名人说过,空气是上帝赐予人最珍贵又最容易被忽视的礼物,戴上口罩才更体会到这句话的深刻含义。在空旷无人的大街上,尽管只有几分钟的自由"裸吸"(摘下口罩),却使人浑身酣畅淋漓,不由得感慨:卸掉面具,空气真鲜!

举目望去,白云在天上自在飘动,树木在风中随意摇曳,鸟儿在枝头欢快跳跃,一切都是自由的样子。几十年来第一次被组织命令在家待着,宅居成了工作,睡觉就是贡献。大人不上班,孩子不上学,聚会全取消,人们担心的是,在家日子久了真怕憋出病来。所有的胡同口、小区门口都设有岗哨,一个个保安都板着面孔在认真查问:"你是谁?从哪里来?到哪里去?"问的好似都是过去哲学家们才关心的大问题。郁闷的人们多么希望早日恢复正常生活啊!只有失去自由的时候,才会感到自由的宝贵。这个时候,相信每个人都会发自肺腑地说:解除封闭,自由真好!

我们这代人从小接受的教育都是斗争哲学,仿佛人类无所不能,无坚不摧,无往不胜。人虽然也是动物,却整天吃着其他动物的肉,一直以来总想着驯服所有动物,把它们都关进笼子里去。不曾想,今天倒因动物把自己隔离在家里了。这一时期,也可能是其他动物们最欢乐、最安全、最无忧无虑的时候。过去国人喜欢扎堆,现在出门怕碰上人,朋友圈里有过激的段子说,这会儿想害谁就去看谁!不时传闻,某某某、某某某又倒下了,病毒无界,人恐慌,心无底,不管身份与财富。进入三月份,病毒又开始在境外猖狂,新闻里说世卫组织正在考虑近期宣布新冠病毒疫情为全球"大流行"级别,虽然一些国家已采取有效防控措施,但地球村的未来也许会因这场重大疫情的发生而有所改变。地球是人类与动物们共有的家园,自然界还有许多无穷无尽的奥秘,如何与之和谐共处,仍是一个需要深入探索的大课题。傲慢与狂妄,会给人类带来巨大的危机。疫情严峻,会促使人们深刻反思,并暗自喟叹:自然面前,人类真弱!

在举国上下共同抗击病毒泛滥的时候,各地主管部门纷纷表态,防控措施五花八门,其中也不乏出现一些假话空话套话,以及官僚主义、形式主义现象。回想武汉发现病毒初期,个别主政者和责任人不敢或不想担当,使这一重大事件的苗头没有得到应有的重视,最终酿成巨大灾难,给人类历史留下一片浓重的阴影。无论从党性、人性还是文化性角度看,在权力和利益的腐蚀与异化下,有些人的动机和行为都着实令人匪夷所思。实话实说,本是世间最容易的事,而在相当长的时期和特定的场合却变成了难事、有讲究的事。实事求是真有那么难吗?新时代里,人们说实话、干实事,已然成为主流。但愿以后人们越来越少些叹息;不接地气,实话真难!

今年春节前后大雪不断,气象部门连发黄色预警,这是几十年不遇的异常天气。民间一直流传着庚子之灾、庚子大坎、庚子轮回的说法,从先秦纪年公元前261年开始就逢庚必警、大事不断,至近现代如1840年鸦片战争、1900年八国联军侵华、1960年自然灾害,今年又遇新冠病毒,鼠年历史上恰巧发生的这些特别事件,使一些人迷信地认为庚子年常常是多灾之年。古希腊哲学家赫拉克利特说过,人不能两次走进同一条河流。历史不会重演,2020年或许也是转机之年。新冠病毒蔓延的时候,也是我们值得反思的时刻。风险同时也是镜子,在不断地提示我们:警钟长鸣,灾害真多!

河开雁来,柳风拂面。不觉间,冬季远了,淡了;春天近了,潮了,绿了。空气里散发着柔和的气息,桃树、梨树的枝头努出苞蕾,性急的已经伸出了不少叶瓣。许多地方的确诊病例在减少,痊愈病人在增加,在中央督导组的指导和全国各地的支援下,武汉的方舱医院已做到了应收尽收、应治尽治。人们的心情在悄悄平复,慌乱的秩序归于稳定。互联网上、微信群里流传着一些发自内心的原创口号:火神山,雷神山,走在前面钟南山;这个军,那个军,最后要靠解放军。"钟"止疫情,"南"关将过,"山"河无恙,"你"我安好。钟南山等千千万万一线医务工作者成了人们赞美的对象和情绪的稳定剂。重大危机面前,是正确的决策、科技的力量和群体的有效组织,才带给人们胜利的信心和黎明的曙光。现在,境外的寒潮好像呈全面侵袭之状,而国内的春花已经含苞待放,人们在盼望着、盼望着,而天也更蓝了,更亮了,更高了。大家都在由衷地欢呼:"惊蛰"已过,春意真浓!

作于2020年3月上旬某日车上,月底略有改动

莫干山

一踏进莫干山,就感到绿的震撼。

突兀一峰,矗立浙北,漫山遍野,绿意扑面。一会儿雨,有雨的湿绿;一会儿阴,有阴的墨绿;一会儿晴,有晴的亮绿。云在变幻,似浓似淡,一团一抹,透下光彩斑驳。风吹清凉,从后山盘旋而上,树的幽静,笋的生机,水的灵性,都随徐徐夏风袭来。别墅掩映,十八盘路,一幢一幢,形式各异,年代不一,隐藏着百年来的许多故事。人说十八盘,盘盘有景致,我看十八盘,尽在绿当中。莫干山的一切,都藏在"绿"的背后。

初夏的莫干山浓荫蔽日,溪水潺潺。莫干山植被覆盖率达92%,与北戴河、庐山、鸡公山并称为清末民初四大避暑胜地。除竹之外,树种以松柏为主,还有冷杉、香樟、苦梓、银杏等乔木。陪同人讲,即便在寒冷的冬季这里也是一片绿意,但冬季最美的当是雪景,白绿相间,冰挂晶莹,银装素裹,分外妖娆。而眼前雨后的树林,却漂浮在云雾之中,随着山势或浓或淡,或隐或现,如仙境般变幻。那一丛丛、一片片树绿,似水墨画一般,波翻浪涌,浓得醉人,翠得赏心。目之所及,深的浅的明的暗的,都融化在水灵灵的绿色之中,蓝绿、青绿、茶绿、葱绿、碧绿、嫩绿,绿得难以形容,即使天才画家恐怕也难以描绘出这么多的绿意。云雾间,绿色还仿佛在流动,直到润进人的眼里,沁进人的心里。满山都是的金钱松、马尾松流青滴翠,亭亭向上的枝叶如同一把把巨型的大伞,撑下一片清凉世界。置身于这样的绿色海洋,让人真正感受到了宁静与清新,活力和希望。

　　印象最深的还是莫干山的竹,一片一片,一茬一茬,高高低低,随形就势,夹杂在松林之中。拱破泥土,掀翻石块,一个个从厚厚的地皮、石缝里钻出来,直挺挺地冲向天空。个头矮点儿、资历较浅的还披着浅褐色的外衣,头上戴着一顶顶尖尖的帽子,个个嫩生生、娇羞羞、青翠翠地挺立着,在阳光中微笑,在云雾中生长,一节,一节,又一节,向上,向上,再向上。此情此景,脑海中不由得浮现起郑板桥的一首咏竹诗:"新竹高于旧竹枝,全凭老干为扶持。明年再有新生者,十丈龙孙绕凤池。"车轮过处,不论新枝老干,都迎风招展,婀娜多姿,尽显生机,形成了一幅幅秀美的画卷。我常想,人们喜爱竹子,是喜爱竹子这种清高又纯朴的气质,幽静而雅致的风韵,还是那种不为尘世所扰,自净自清、自善自美的精神?也许两者都有吧。据介绍,莫干山竹种繁多,品质优良,不仅各种竹制品知名,而且以竹笋为原料的美食也是莫干山的待客特点。晚餐之时,终于尽情享用了一次竹食。有的鲜吃,有的干煮,有的素吃,有的荤炒。最美的味道应是淡吃,鲜笋煮熟以后,先剥去外面的老皮,可蘸调料,也可直接吃,气味清淡偏甜,一股微微的竹香沁入肺腑,让人荡气回肠,余味犹存。

莫干山的夜晚十分安静,少了许多名山大川的喧嚣与热闹。山道陡短,门店稀少,灯火明灭,树影婆娑,不多的几处咖啡馆里,静静地坐着三三两两品咂咖啡的人。晚上闲翻酒店里的书,才得知莫干山的名字里还藏着个动人的传说,那就是不少人都知道的吴王阖闾命干将铸造宝剑的故事,讲干将在此铸剑三月不成,干将之妻莫邪奋不顾身跃入炉火之中,遂炼就雌雄双剑。莫干山即是当年铸剑之地。由资料上看,从1894年开始,英、美、法、德等西洋人就在莫干山大兴土木,中国的达官名流也趋之若鹜,先后建造了风格各异的大小别墅,有西欧田园式、中世纪城堡式,有中国古典式、现代式,其中绝大多数为西欧田园式。这些建筑依山就势展开,高低错落有致,形制色调不同,各尽其美,相互映衬,汇聚了20世纪初期美、英、法、德、中等国别墅风貌的精华,具有很高的观赏价值。因此,也有人把莫干山别墅群称为"世界建筑博物馆"。

第二天一早,我们乘车盘绕了六公里左右的山顶游览线路,先后察看了几处国保单位。当然首先要参观的是毛主席下榻处,即126号别墅,126数字后边隐含了毛主席的诞辰日。情景依旧,物是人非,毛主席永远活在人民的心中。墙壁上悬挂着熟悉的毛体书法,龙腾凤舞,气势豪迈。车去武岭村蒋介石、宋美龄别墅途中,路过一处摩崖石刻,数米高的一个"翠"字苍劲夺目,神韵飘逸,仔细辨认是现代著名书法家钱君陶所书,可以说是江南少有的擘窠大字。短短一上午时间,我们从芦花荡出发,除了重点考察上述两处别墅外,还走了白云山房,过杜公馆,登旭光台,观杨家乐一号别墅,看大教堂,最后落脚到鲜花遍开的垛口农舍就餐。

莫干山的自然景色美,同样美的还有它的情怀雅韵。传说汉朝吴王濞也曾在此冶铜铸剑,晋代时一度寺院众多、香火旺盛,著名文人学士如苏东坡、赵孟頫等也留下不少诗句和典故。据说苏东坡任杭州刺史时曾来莫干山游玩,留下一副对联:坐,请坐,请上坐;茶,敬茶,敬香茶。这副对联以寺院僧人前后所说的话联缀而成,看似信手拈来,其实字字如芒,惟妙惟肖地刻画了僧人前倨后恭的神态。民国年间是近代莫干山最繁盛的时期，除政界要人外，一些书画文人也常来常往。陆俨少与黄宾虹、傅抱石、李可染并称近代山水画四大画家，以"陆家山水"著名，1934年二十六岁的陆俨少即从上海来莫干山麓买地建园并展开创作。著名绘画大师张大千1935年4月游历莫干山时在其一幅画上题识："竹引泉声到枕边，月簸花影到窗前；莫干忽漫逢新夏，红白满山开杜鹃。"新中国成立后，一贯深居简出的毛泽东主席两次踏上莫干山，并在1954年3月写下著名诗句："翻身复进七人房，回首峰峦入莽苍。四十八盘才走过，风驰又已到钱塘。"

新时代的莫干山旧貌换新颜。与莫干山管理人交谈，知道了莫干山新的蓝图，相信莫干山的明天会更加美好！下山途中，我默默祝福：莫干山，英雄的山，绿色的山，文化的山！

作于2021年5月17日，5月20日晚改

三沙之海

飞机在万里蓝天轰鸣,白云飘浮在脚下,一望无际的海面望不到头。当飞机开始下降,航空小姐按保密要求拉下窗帘的时候,我就知道三沙市政府所在地的永兴岛已经不远了。

舱门刚打开,一股热浪扑面而来,黏黏的湿气附着在脸上、胳膊上,当看到机场门口"永兴岛"三个字的大石块时,脊背上的汗水已渗透了T恤衫。道旁三四层高的楼房排列整齐,矮矮的椰树挂着果实,耐高温的各种植物郁郁葱葱,间着一些开着红花的凤凰木和三角梅,显得很有生机。陪同的同志介绍,永兴岛上最多的是椰树,仅百年以上树龄的就有一千多棵,还有枇杷树、羊角树、马王藤、马凤桐、美人蕉,野苎麻随处可见。十字交叉的宣德路和北京路都不长,三沙市各军政部门以及居民楼分别坐落其中,沙石小道通向岛的周边,像毛细血管连通着几平方公里的小岛。唯一的二沙宾馆就是我们的下榻处。来时查资料得知,远在商周时代,南海沿岸的土著"骆越族"就与中原地区开始往来。从那时起,沿海渔民便常年在南海从事捕捞作业,并最先发现了南海诸岛,一种叫《更路簿》的特殊手抄本就作为航海指南世代相传。《汉书》记载,东汉建武十八年(42),伏波将军马援南征时曾至"千里长沙",即今日西沙群岛。从1973年长沙马王堆汉墓出土的相关文物上发现,早在汉代时南海海域就被标注在中国地形图上。辛亥革命时期,广东省政府宣布将西、南、中沙群岛划归海南崖县(今三亚市)管辖。日本投降后,国民政府于1946年派海军"永兴""中建"两舰接管了西沙群岛,并在岛上建立收复西沙纪念碑。永兴岛的名字即由此而来。

放下行李,我们立即奔向海边乘坐交通运输船去永乐环岛的甘泉岛水下考古点慰问调研。运输船比渔民的打鱼船大不了多少,一上去就晃悠晃悠站不住脚,赶紧坐下来以防止晕船。工作人员讲,第一次坐这种船多数人都会晕。路上要这么晃三个半小时,想想也是,如果不晕真是奇迹。晃啊晃,摇啊摇,左右晃,前后摇,没有规律,不论节奏,直摇晃得人昏昏沉沉,个个闭上眼睛,东倒西歪。一会儿半醒,一会儿昏睡,醒着比睡着更加难受。船舱里空调好似开着,但说不清是制冷还是制热,浑身已经湿透,仅有的一瓶矿泉水早已喝光,化作了汗水,也就省得去卫生间了。半途热得难受,只好晕晕乎乎地躲进驾驶舱呆看着远处的海面。海风从两边舷窗吹进,虽然温热发腥,总算还是风,比船舱里舒服点儿。但时间一长,狭小的驾驶舱也难以久留,再跟跟跄跄回到舱里靠在沙发上。想象中的美好海景早已化作难受的泡沫,消失在脑海之外。

终于到了琛航岛,再转冲锋舟去甘泉岛。半小时后停在离岛百多米的深水区等待小渔船驳送。临时码头上出现了几个迎接的人,一面绿色旗子随风招展,原来是我们水下考古队的队旗。同志们都快变成了渔民,忙着解缆开着小渔船迎接。码头上一面五星红旗高高飘扬,刻着"甘泉岛"三个字的巨石醒目竖立,旁边"全国重点文物保护单位"的标志牌更让人心情为之一振,这可能是目前我国最南部的文物保护标志了。上岸后稍事休息,即开始踏勘全岛。穿树丛,过小丘,沙道尽头豁然出现一片开阔地,甘泉井即坐落此处。旁边竖牌上刻着介绍,清末水师将领上岛时即发现此井并予以呈报。井口由砖石相围,深一丈有余,看下去井水清亮,大家纷纷动手,吊上来一桶水轮流品尝,果真甘甜可口,不愧"甘泉"。在茫茫无际的万里海疆能喝上这么一口井里的淡水该是多么珍贵啊!甘泉岛周边海洋动物品种繁多,主要有腔肠类、棘皮类、鱼类、虾类、贝类、爬行类、哺乳类等。其中腔肠动物珊瑚虫就有一百多种,几占全国珊瑚虫种数的近一半;鱼类有上千种,珍贵水产品还有珠贝、海螺、鲍鱼、海参、海胆、龙虾、海龟、玳瑁等。离岛不远处就是著名的永乐龙洞。渔民俗称的永乐龙洞学术界称之为"蓝洞",口径为一百三十米,深达三百米,已被证实为世界最深的海洋蓝洞。当地的美好传说称孙悟空拔去定海神针做如意金箍棒,才留下深不可测的龙洞;也有的说龙洞是南海的眼,藏有镇海之宝。在岛上察看了几处遗址点后,因返航时间的限制,我们只好匆匆撤离,蓝洞及沉船点的现场考察只有留下遗憾了。

回来搭乘了便路的三千吨渔政船310号,既快又稳,那种感觉就是一种别样享受了,这才有情趣站在甲板上欣赏傍晚的海景。海水是那么的蓝,好像一匹宽阔无边的蓝色锦绸,一直铺到天边。一米多高的海浪一波一波,浪头压着浪头,从远处涌向船体,溅起无数浪花,又相拥追逐着流向远方,一道道泛白浪花像蓝锦镶着的银边,一会儿卷入浪谷,一会儿又被推上浪尖,消失得无影无踪。大船像海犁,留下一道深深的海沟,浪花翻白处引来一只只海鸥上下飞舞,仿佛五线谱上弹跳的音符。几只鲣鸟在船边展翅伴飞,与船速几乎一致,好似剪影挂在半空微微颤动,浅黄的尖嘴、黑黑的眼睛、灰白的脯毛和绛红的指爪清晰可辨。突然,远处一条海豚翻身跃起,追随着船尾刷出的浪花,又入水、抬头、跳跃,再甩尾钻水,看得大家发呆了。坐船时只是听说可能有海豚,没想到真看到了!海豚如此反复了一会儿,大家才反应过来,急忙掏出手机摄录下这一珍贵画面。美中不足的是,天色渐渐阴下来,没有能够欣赏到那向往已久的壮丽的海上落日。

回到住地后依然阴云满天,间有小雨飘过,期待满满的"手可摘星辰"的海上夜景并未出现,但这没有妨碍我们继续观赏夜晚中大海的兴致。夜幕下的海自有独特的风韵,站在沙滩上,感受着海风的轻拂,闻着大海的味道,听着波涛冲击的声音,感到它比白天更加深沉,更加幽静,更加梦幻。不远的海水有节奏地一浪一浪涌动,有时凶猛,像一只愤怒的海兽,咆哮地向海岸扑来,撞到礁石上,发出"哗、哗"的响声;有时又温柔,只是微微荡漾着波纹,像一匹匹柔软的被幅,轻轻覆盖过来,抚慰着大地。一时间,古今中外一些关于大海的传说和故事都浮现在脑际。夜晚星空下的大海可能容易激发人们浪漫的情怀,而阴雨中的大海好像更让人产生哲理的思考。天地合一,物人呼应,中外相通,才构建了这个辽阔、美丽而和谐的海上世界。

第二天清晨,天气晴朗,阳光灿烂,沿着永兴岛转了一圈后,我们乘冲锋舟来到了赵述岛。赵述岛是海南省三沙市西沙群岛中宣德群岛的7个连屿之一,1947年为纪念明朝赵述奉命出使三佛齐而命名,岛形状呈椭圆形,长600米,宽300米,面积0.2平方公里。放眼望去,天连着海,海连着天,海天一色,无边无际。阳光洒在海面上,金光闪闪,波光粼粼。远处的海水湛蓝湛蓝,近处岸边的海水由蛋白、浅绿、灰蓝,到深青、泛紫,色彩斑斓。岛边的水质清澈见底,珊瑚礁清晰可见,三五成群的小鱼在游动。蓝色的海浪拍打着黑色珊瑚礁石溅起一朵朵白色的浪花。岸边的沙滩在阳光照耀下分外刺目,仿佛每一颗沙粒都闪着光芒。背着小房子的寄居蟹,长着喇叭样硬壳的海螺,像小口袋似的水母,大的、小的、长的、扁的、奇形怪状的贝壳到处都有。大家光着脚,蹚着水,挑拣着贝壳,有喜欢水的禁不住脱掉衣服游了起来。

我们把在永兴岛的最后时光留在了石岛。石岛是宣德环岛的一部分,又称"小巴岛""老龙头",这里是西沙群岛的最高处,海拔15米多。它没有高大的树木,只有岩石间生长的青草和荆棘。与西沙各岛不同的是,它完全由礁石构成,受波浪和雨水的溶蚀,在岛四周崖壁上形成许多小溶洞、小溶孔和树根状溶管等岩溶地貌。这些形状千奇百怪的海礁,与海浪、海风、海鸟共同组成了一幅独特的南海风景画,让人流连忘返。岛上有中国主权碑以及"西沙老龙头"石碑各一座,格外引人注目的还有龙头侧面岩壁雕刻的"祖国万岁"四个大字。据说这是守卫西沙的战士们用了数月时间一点儿一点儿地刻上的,充分表达了对祖国西沙的无限忠诚和热爱。

人已飞离,心系南海。这么长时间、这么近距离处于大海之中还是第一次,过去是海边观海,这次是海中看海,感觉完全不同。脑中满是海水,左是水,右是水,上是水,下是水,天蓝蓝,海青青,心滢滢。不由得吟出几句诗来:"劈波斩浪水连天,永乐甘泉有火烟。遗址千秋祖辈佑,海疆万里好行船。"既为勤劳勇敢的祖先点赞,又为今日国家的强大而自豪,只有国强民富,才能够成就这主权之海、绿色之海、商贸之海以及和平友好之海。

作于 2021 年 6 月 8 日返京飞机上,6 月 10 日再改

雪域阿里

返京已经两天,心神却还在阿里上空徘徊。阿里的确是个神奇的地方。提到阿里,你会想起遥远的象雄、古格王朝,想起神圣的冈仁波钦神山、玛旁雍错圣湖,想起苍凉的土林地貌、高原荒漠,想起美艳的寺庙壁画、神秘的天葬台,想起缺氧的5000米海拔、高冷的岩羊、野驴……初次去西藏的人一般是不敢有涉足阿里的想法的,不仅仅因为它的面积大、路途远,恐怕多数人主要担心的还是海拔高、交通生活条件差。有人说,无阿里,不西藏,可见阿里地区在西藏的重要地位。当我第三次到西藏的时候,终于下决心一探究竟。

我是从新疆乌鲁木齐地窝堡机场经四川绵阳机场转拉萨贡嘎机场的,在新疆期间已提前开始泡上红景天喝了,这既是心理准备,也是生理的需要。此行西藏阿里来回一共五天,必须充分准备,以免因身体不适影响行程。出发前,特地查阅了阿里的历史。阿里为西藏地区早期的"十三小邦"之一,汉族史籍称为"羊同"。羊同经过逐步发展,早在公元5世纪之前就建立起强大的象雄王国,国土西抵克什米尔,南至拉达克(今印度北部边界),中为西藏高原大部地区,北至青海高原,东至四川盆地,是青藏高原最早的文明中心。据藏史料《玛法木措湖历史》载,象雄分十八部,有十八位君主,作为一个独立王国还创造有独特的象雄文字。公元7世纪中叶被起于山南地区的吐蕃王国松赞干布派兵吞灭,成为吐蕃的羊同地区。公元9世纪至10世纪,吐蕃最后一代赞普朗达玛之孙吉德尼玛衮因内部斗争逃至羊同的扎布让(今西藏札达县)逐步建立起古格王国,后对三个儿子进行了分封,是为拉达克王朝、普兰王朝和古格王朝。拉达克意为云彩最高的地方,普兰意为云彩汇集的地方,古格意为云彩弯弯的地方,这就是阿里三围或阿里三部的来源。阿里三围于公元13世纪随西藏一起归顺元朝,统属于元朝设立的"乌斯藏纳里速古鲁孙等三路宣慰使司都元帅府"。明清两朝在管理西藏方面基本沿用元朝的旧制。1840年,阿里三围的拉达克部分被锡克帝国吞并,西藏地方失去对拉达克的控制。1959年民主改革以后,设立阿里地区。

当晚住到拉萨酒店里,高海拔的原因使人翻来覆去难以入睡,半睡半醒的脑海里浮现的都是前年来拉萨布达拉宫、罗布林卡、大昭寺、哲蚌寺的情景。布达拉宫始建于公元7世纪,是藏王松赞干布为远嫁西藏的唐朝文成公主而建,最高处海拔三千七百六十多米,是世界上海拔最高的集宫殿、城堡、陵塔和寺院于一体的古代建筑。上次专门为贝叶经的修复而来,为此国家财政文物保护资金先后投入数亿元。印象较深的是金顶区,它位于布达拉宫的最高处红宫之巅,共有七座达赖喇嘛灵塔殿和主供佛殿(圣观音殿)镏金屋顶,金碧辉煌,气势宏大。这里视野开阔,凭栏远眺,拉萨河谷的美丽风光尽收眼底。红宫里著名的殿堂是坛城殿,藏语名为"轮朗康",殿内有七世达赖喇嘛于清朝乾隆年间监造的三座坛城,金光灿烂的金宫银殿上镶嵌着各种价值连城的宝石,这是密宗修炼者追求的最高境界,神秘莫测。而脑海里不时闪现的还有拉萨城最热闹的地方八廓街,廓在藏语中是圆圈的意思,圆圈的中心就是大昭寺。据说每年藏历正月十五的酥油花灯会和藏历十月十五的吉祥天母节,是大昭寺及八廓街人流最多的时候。大昭寺始建于7世纪吐蕃王朝的鼎盛时期,融合了藏、唐、尼泊尔、印度的建筑风格,成为藏式宗教建筑的千古典范。西藏有句俗语,先有大昭寺,后有拉萨城,可见大昭寺在藏民心中的地位。据《松赞干布遗教》记载,当年印度国王达尔玛巴拉将释迦牟尼亲自开光的十二岁等身像奉送给十六国时期的秦王苻坚,松赞干布迎娶文成公主时,唐太宗又将这尊像作为嫁妆送抵拉萨。在参观大昭寺时自己幸运地还为这尊等身佛像敬献了哈达,感觉就像与这位古印度最伟大的哲学家进行直接对话。夜深人静,供氧不足,本想好好休息,但过往西藏的一些影像却怎么也挥之不去,还有罗布林卡、哲蚌寺的一些图景也在脑海里翻腾,搞得第二天一早登上飞往阿里的飞机时还有点儿迷迷瞪瞪。

飞临到阿里上空的时候,从机窗看下去荒岭纵横,空阔无边,间或一些绿意也只出现在深深的沟壑之中。阿里地区平均海拔四千五百米,与拉萨相距一千五百公里左右,全区总面积三十多万平方公里,平均最低温为零下摄氏二十度,是喜马拉雅山脉、冈底斯山脉、唐古拉山脉和昆仑山脉相汇之地,又是境内外几条著名江河的发源地,故被称为"万山之祖""百川之源"。阿里昆莎机场位于被称作"世界屋脊的屋脊"的阿里,是世界上海拔最高的机场。昆莎,藏语为冬季的牧场之意,这里属狮泉河湿地,地势相对平坦,牧草以锯齿草类为主,稀稀疏疏有不少红柳、班公柳与沙棘间于其中。道旁零零星星长着一些青海杨和国槐,看上去成活不易,瘦小低矮,却给周边环境增添了不少生机。

越野车在国道上颠簸,沿途所见有全国各地牌照的车辆,房车也不时出现。汽车沿着山谷呈之字形前行,弯弯曲曲,高高低低,从一个达坂开向另一个达坂,山头相连,永无尽头。晴朗的天空广大辽阔,层层白云压着山头,又浮现在头顶,有浓有淡、有亮有暗、忽快忽慢地变幻着样子,逗引着你的眼球,一会儿高一会儿低,一会儿近一会儿远,似乎在眼前触手可及,可开足马力却怎么也追不上,坐在车里感觉汽车一直在向云层里边开去,而对面的车辆又像从云层里开过来。山头偶遇放牧的羊群,一眼看去,羊儿好像也在半空里行走,在云端里吃草,一瞬间会让人产生错觉,恍若天上,多亏山沟里还有黑的白的牦牛在提醒着你这是人间大地,这才猛然醒悟,连忙用手机把幅幅美景定格下来。一路运气不错,还碰上了或卧或站的三三两两的岩羊,有的居然瞪着眼睛与人对视;还有几个肥硕巨大的土拨鼠,正各自支着两只后腿在顽皮地游戏或是对打;而道路不远处那倔脾气的野驴也撒开四蹄,与我们的车辆比跑了一段;天空里鸟儿少见,仅看见一两只鹰隼在头顶高高地盘旋。几个小时过去了,汽车还在无穷无尽地奔跑着,恍惚间像一直浮在天上云端。

赴普兰县的途中,我们听了神山圣湖的介绍。神山就是冈仁波钦雪山,它是冈底斯山脉的主峰,海拔

6656米,也是狮泉河、马泉河、象泉河和孔雀河的主要源头,它们分别又是印度河、雅鲁藏布江(布拉马普特拉河)、萨特莱杰河和恒河的上源。自古以来印度教和藏传佛教徒都把冈仁波钦雪峰视为"神山",也是佛教徒心目中的"世界中心"。圣湖玛旁雍错在神山以南、纳木那尼雪峰北侧,它还是史料记载的汉族神话传说中西王母居住的"瑶池",教徒们称其为"圣湖",海拔4588米,面积400多平方公里,是世界上最高的淡水湖。神山圣湖是苯教、佛教、印度教、耆那教信徒们的圣地。据说神山顶部常年积雪,云遮雾罩,修行不够的人是很难见到真容的。我们去的这几天正阴晴不定,云雾较多,同行的当地同志讲,大概率是见不到神山,只能听听介绍。但我心想,因为我们是搞文物保护的,按总书记所讲干的是功在当代利在千秋的事,常年积福行善也许会感动天地如愿以偿。果然,在我们既担心又盼望之中,那神秘的雪峰突然显现了出来,是也非也?让人难以置信,同时又惊喜万状。远远望去,它呈拳头形状,很像人的心脏,难怪被称为"世界的中心",任凭周围云开云散岿然不动,既千古一面,庄严宁静,又尽显生机,给人希望;它又似一尊坐佛,披着雪白的衣纱,稳稳地端居云雾缭绕的诸峰之中,洁白神圣,度化众人。山脚下溪流潺潺,牧草如茵,经幡飘动,游客几许。旁边有座尼玛堆,上面一块石头刻着"嗡嘛呢叭咪吽"六字箴言,这六字箴言是佛教里最常见的,传说是观世音菩萨愿力与加持的结晶,故又称观世音菩萨的心咒。绕开尼玛堆,我们抓紧时间纷纷摄影留念,早已把对高海拔的不适忘却了脑后。在恋恋不舍离开的时候,一团浓云飘了过去,慢慢与神山拥抱在一起,这成了我们远远地最后看到的影像。第二天返回的时候,我们居然又一次幸运地看到了神山,那是另一种别样的感觉,沿山脚经过的巴嘎乡岗莎村也觉得笼罩在神秘的氛围中,给人留下无穷的想象。车行不多时,圣湖出现在眼前。海拔7600多米的纳木那尼雪峰下,白茫茫一长条,一望无际,天地相接,云山倒映。下车近前,午后的阳光温柔祥和,透过云层照射湖面,金光闪闪,万鳞涌动,一股清冽之气袭来,使人冷静透彻,酣畅淋漓,既感到神奇无限、深不可测,又顿觉思维凝固、简单清纯,仿佛浑身都被过滤了一遍,痛快清爽。沿着孔雀河谷汽车到了普兰县城,这里海拔不到4000米,路旁出现了青海杨、国槐、云杉树,甚至还有红叶李树,在此挂职的同志自豪地讲这都是近几年试栽成活的一些树种。也许是看到了绿树,也许是这里的气候稍好一些,让人感到呼吸平缓了很多,几个小时的长途跋涉也不觉得累了。趁此时机我们接连考察了古老的科迦寺,以及20世纪50年代进藏先遣连驻地遗址。爬上高高的山坡,体会当年的艰辛,我们被先遣连的英雄事迹深深地打动着,也鼓舞着我们更努力做好革命文物保护工作。

第三天车过海拔5166米的龙嘎拉达坂时居然气不大喘、头不生疼,几天过来可能有一点儿适应了。翻过龙嘎拉达坂后,海拔逐步降低,眼前呈现出五颜六色的模样,荒芜光秃的高原,连绵起伏的山峦,低凹泛绿的坡谷,随着阳光照射和云朵飘移,褐红色、藏黑色、土黄色、草绿色、黛蓝色不断变幻,宛如油画一般苍凉凝重、色彩艳丽。沿象泉河谷进入札达县境,又是另一番的风景,一条条、一片片气势恢宏的土质莽林突现眼前,无边无际的范围内,高低错落的"土林"千姿百态,在高原迷幻光影的衬托下,宛若神话世界。高而平的山脊下,山纹明暗有致,色调金黄,山形千奇百态,生动辉煌。沟谷之间、悬崖尽头,保留着被千百年风雨冲蚀剥离而形成的板状、塔状或柱状土体,犹如神工鬼斧雕琢打磨,使得土体玲珑剔透、出神入化,像庄严宏伟的庙宇,像壁垒森严的碉楼,像恢宏高耸的佛塔,像古朴威严的城堡,或如万马奔腾、昂首啸天,或如罗汉修行、虔诚静坐,天工万象,难以名状,无可尽数,雄浑神秘,这就是著名的"札达土林"。札达土林属第四纪次生构造地貌,是古大湖湖盆及大河河床经漫长时期流水侵蚀而形成的极为独特的高原地貌,遍布整个札达县境。在土林脚下的藏族村,我们看望了先期在此工作的文物保护队员,然后直奔古格王城遗址现场调研。遗址在西距札达县城十八公里的扎布让区象泉河畔,被众多土林远远近近地环抱着,古老城堡的断壁残垣与周边的浑厚土林浑然一体,难以区分,每当朝霞初起或夜幕降临之时,便会格外透射出一种残缺悲壮之美和苍凉厚重之美。整座城堡从 10 世纪至 16 世纪不断扩建而成,占地约十八万平方米,建筑在一座三百多米高的黄土高崖上,依山迭砌,地势险峻,从上而下依次为王宫、寺庙、佛塔、民居、碉楼等。从山麓到山顶除几间寺庙外,其他房舍、洞穴已基本塌顶,只剩下一道道土墙或一堆堆土包,即使如此,自下望上整个城堡轮廓依然高高矗立,直逼长空,气势壮观,好像在向世人诉说着当年王城的繁盛与辉煌。其中红庙和白庙是六座寺庙中规模最大的,走进大殿发现,各种泥塑佛像在历史的变迁和动荡中基本损毁,尤以"文革"期间为甚,现两殿四壁尚遗存七百多平方米的壁画,题材主要有各类佛、菩萨、护法神、高僧像以及《吐蕃赞普世系图》《古格王及臣后礼佛图》《释迦牟尼传记图》等,特别是有着七只眼睛的文成公主化身的白度母和尺尊公主化身的绿度母画像让人印象深刻,整体壁画借鉴印度、尼泊尔艺术的一些表现手法,以红色为主基调,生动细腻,线条流畅,历经千年依然色彩浓艳,充分体现了古格王国独特的艺术气质和时代风格。围绕古格都城周围的重要遗址还有东嘎、达巴、皮央、香孜等,都有大量文物遗存,其中最为神奇的是一种叫"古格银眼"的铜像,只有古格的特殊工艺才能制作,被视为佛像中的精品,20世纪90年代有关考古队在皮央遗址杜康大殿的考古发掘中曾出土了一件。晚饭后我们在札达县展览馆里看到了这尊头戴化佛宝冠、四臂各执法器、头生三眼的金黄色铜像,银光闪闪,晶莹锃亮,摄人心魄。盛夏时节的札达,夜晚很美,圆月高悬,银光散地,凉风习习,呼吸不喘,沿街能看到三五成群的当地人或外地游客,散步的、喝酒的、跳锅庄的,休闲得很。当天晚上也终于找到了睡觉的感觉,还做了个好梦,这也是几天来的第一次深度睡眠,连第二天早餐都多吃了一个小馒头。

在阿里的时时处处你都能感受到这是边境地区,因为一抬头远远看到的,就可能是中印、中尼边界的山头或通向边境口岸的道路。班公湖的名字国人皆知,只因近年来印度方面不断挑起边界争端形成两军对峙,这次终于有机会来到班公湖畔。我们先考察了日土县城边有"小布达拉宫"之称的日土宗遗址,然后转上去班公湖的道路。据说班公湖的名字是为纪念东汉著名军事家、外交家班超而起,它离县城不远,顺着山势东西延伸约一百五十五公里,中国控制湖东约三分之二,印度控制西部约三分之一,神奇的是东部为淡水,中部为半咸水,西部为咸水。湖面很窄,南北最宽处约十五公里,最窄处仅五十米,平均海拔四千二百四十一米,流域面积将近三万平方公里。周边景色秀美,远处群山环绕,雪山点点,近处波光荡漾,清澈透明,湖面因光照、深浅、亮度等变化,呈现出墨绿、淡绿和深蓝等不同的颜色。湖中有十多个大小不等的岛屿,最有名的鸟岛上栖息着二十多种鸟类,主要有斑头雁、棕头鸥、鱼鸥、凤头鸭、赤麻鸭等,数量最多时可达数万只。置身于班公湖的蓝天碧水中,观看鸟儿展翅飞翔或低空盘旋,聆听鸟儿婉转叫声,自是盛夏一种难得惬意的享受。湖边最多的是棕头红嘴鸥,一点儿也不怵人,或群或单,或立或起,瞪着圆溜溜的炯炯有神的大眼睛,任由你走近拍照。这些可爱的小鸟,也像湖对岸值勤的战士一样,在警惕地守卫着祖国的边境。

返回狮泉河畔噶尔县(阿里地区行署所在地)驻地的路上,大家依然神情振奋,兴致不减,不觉间阿里之行就要接近尾声了。车窗外,河谷浅水中当地特有的黑头鹤在啄食,当地传言不多见的白牦牛在一群低头吃草的黑牦牛群中格外醒目,路旁树立的高大广告牌一闪而过,但上面"缺氧不缺精神、海拔高境界更高"的标语却留在了心中,让人由衷地为顽强地生活并守护着这片土地的各族人民和广大将士肃然生敬!闭上眼睛,任汽车在山谷中奔驰,在一个高坡接着一个高坡的连绵起伏中,从新疆到西藏几天来的感受终于凝成了一首七言律诗:"老大不惧远高寒,入藏由疆作往还。西域北庭边塞险,班湖喜脉国防艰。神山圣措祥云色,古格羊同蚀土颜。文物发声知一统,讲传故事莫松闲。"

再会了,雪域阿里,一个难忘的神奇而壮丽的地方!

作于2021年7月30日北京,8月8日再改

古城的味道

丽江是座古城，很有味道。不仅仅是玉龙雪山、茶马古道、小桥流水，还有普济佛寺、土司家庙、白沙壁画以及纳西族民居，更有让人难以忘怀的茶文化和丰富多彩的慢生活。我对丽江的感受随着到丽江的次数在逐步加深，与到过的其他历史文化城镇相较，比如周庄乌镇的雅气，凤凰古城的神气，桂林阳朔的洋气，平遥开封的大气，宏村西递的文气，和顺青岩的侠气，我觉得丽江古城更多的是清气、和气与灵气。

丽江古城位于云贵高原与青藏高原连接处，北连迪庆，南接大理，西邻怒江，东与四川凉山、攀枝花接壤，山水相融，形胜独特。从地图上看，大自然为丽江恩赐了一个十分良好的内外环境，外沿是飘带般环绕的金沙江，中间是高高耸起的玉龙雪山，内侧是平坦秀丽的水乡盆地。丽江古城北依象山、金虹山，西枕狮子山，地势西北高东南低，玉河从象山山麓黑龙潭流至玉龙桥下，分成西河、中河、东河三条支流，再经多次分派形成网状水系,穿街过路,跨水连巷,流布全城,呈现出三山为屏、一川相连、绿柳傍河、家家流水的景象。丽江由来于金沙江的别称"丽水",《云南通志》载:"江名丽水,源出吐蕃界,共龙川犁牛石下,本名犁水,讹犁为丽。"此地先为滇国境域,后为吐蕃、南诏之地,为世袭土司木氏治理,清雍正元年实行"改土归流"。古城始建于宋末元初,至今七百多年,是古代"南方丝绸之路"和"茶马古道"的重要通道。近年金沙江河谷洞穴岩画的发现和众多的石器、青铜器、铁器的出土,证明丽江还是中国西南古人类活动的重要地区之一。

古城的街道形似经络,宽窄随体,依势蜿蜒,纵横自然,街水相依,兼具曲、幽、活、达之特点。街道由大小不等角砾岩块铺成,中间由三条竖石贯通的是官道,只有一条竖石的则为民间所修,不仔细辨别难以区分。古城民居集中在束河、白沙、大妍三镇,均呈明清风貌,糅合汉族、藏族、白族和纳西族建筑技艺,以土石马头墙、迭落式屋顶、小青瓦、木构架为主要建筑手法,成为"三坊一照壁,四合五天井,走马转角楼"式的瓦屋楼房或前后院、一进两院,既讲究结构布局,又追求雕绘装饰,外拙内秀,玲珑精巧,清幽宁静,被中外建筑专家誉为"民居博物馆"。其中三坊一照壁是丽江纳西族民居中最基本、最常见的民居形式,一般正房较高,朝南面对照壁,天井多为砖石铺成,以花草美化,临街的房屋则为铺面。"城依水存,水随城至",正是古城建筑的一大特色。木府原为丽江世袭土司木氏的衙署,位于狮子山东麓,始建于元代,1998年重建,百余间房屋排列井然,悬挂的历代帝王钦赐的匾额反映了木氏家族的盛衰历史。明代徐霞客至此评价"宫室之丽,拟于王者"。

古城周边最高处是玉龙雪山主峰,海拔5596米,终年白雪皑皑,直指云天,蔚为壮观。据说玉龙雪山是人类最易接近的雪山之一,到了丽江就像到了雪山身边,距离近得仿佛伸手就可以触摸到。一边寒气逼人,一边却是四季如春,二者和谐地融为一体,使人十分惬意。不远处的拉什海为高山封闭的冰蚀湖,湖区呈椭圆形构造,湖水碧透,风景秀美。更远一点儿的泸沽湖是中国第二水深的湖泊,当地摩梭人称为"谢纳米",意为母亲湖或女神湖,到这里可以感受独特的民族风情,人们对摩梭人至今保留的"男不娶女不嫁"的走婚习俗津津乐道。

古城游走,常常会忘了时间,这是一个慢节奏的地方。古城边磨得坑坑洼洼的茶马古道,向你诉说着历史的厚重与昔日的繁华。这里曾是青藏高原与云南及内地的贸易中转站,马匹、羊毛、皮革、药材从青藏高原运来，茶叶、铁器、铜器、糖、粮食则源源不断地经丽江运往青藏高原。我们走到一处门前稍宽点儿的小茶馆，眼前溪水潺潺，一字排开高低不同三池清水，听主人介绍叫三眼井。它是丽江地区一种古老的节水方式，利用水的流势高低修成三级水潭，依次为饮水、洗菜、洗衣之用，体现了物尽其用的人与自然和谐的原生理念，不由得感慨它的科学、卫生与方便。有三眼井的地方，大多宽敞一些，且傍有古树名木，早晚时分，除了打水洗衣的青壮年外，总有些老人小孩喜欢到此憩息、玩耍，构成古城特有的一幅现代市井生活图。

坐在茶馆里，看着形状不一的茶包，就着主人现烤的鲜花饼，品尝着不同口味的茶品，知道了不少普洱茶的知识。如今普洱茶除紧压茶外还有散茶若干类，如普洱绿茶、青茶、红茶、黑茶、黄茶、白茶等。普洱茶历史非常悠久，唐代樊绰在其所著《蛮书》卷七中云"茶出银生城界诸山，散收无采造法"。据考证"银生城界诸山"即在云南思普区境内。普洱茶以自然分类为古树茶、野放茶、台地茶。普洱生茶以大叶种茶树鲜叶为原料，经杀青、揉捻、日光干燥、蒸压成型，不经渥堆发酵处理，外形色泽墨绿，香气清纯持久，滋味浓厚回甘，汤色绿黄清亮。熟茶经过渥堆发酵，茶性温和柔顺，汤色红浓，醇香浓郁，余渣红褐均匀。熟普以1973年为分界点,过去没有熟茶。普洱茶讲究冲泡技巧和品饮艺术,可清饮,可混饮。"洗茶"概念出现于明代《茶谱》:"凡烹茶,先以热汤洗茶叶,去其尘垢、冷气,烹之则美。"饮茶时需用心品味,啜饮入口后要让茶汤在喉舌间略作停留,待沁渗齿龈,再由舌根产生甘津返回舌面,顿觉满口芳香,令人神清气爽,其高雅沁润之感,不在幽兰清菊之下。

丽江是一个多民族聚居的地方,汉族外还有十多个世居少数民族,多民族、多信仰、多文化、多习俗在这里碰撞、交融、沟通中形成了这座"融合开放之城"。原本生活在甘肃、青海一带的游牧民族经四川南下进入丽江与当地土著融汇形成的纳西族,成为各族群交往的桥梁,位于古城南光义街的丽江历史文化展示馆利用高科技手段,集中展示了这段历史发展的脉络和遗产保护的情况,其中世界记忆遗产纳西族东巴古籍文献给人留下深刻印象。古城寺庙众多,各种教派均有文化遗存,我们重点考察了位于束城古镇郊外山脚的普济寺,这里因大殿铺盖铜瓦面而闻名遐迩。寺庙占地不大,游人稀少,十分清净。正殿顶部初用土瓦覆盖,1936年由主持圣露活佛讲经集资改覆铜瓦。让人印象深刻的是院内两棵植于18世纪的樱花树,枝干高大,据说为云南樱花之最。陪同的木土司后人讲,小时候经常来这一带玩耍,每当樱花盛开,香气弥漫,观赏者众多,成为当地一大盛景。山下白沙古镇木土司家庙明清时期的壁画独树一帜,具有较高的历史艺术价值,壁画兼收并蓄,糅合汉、藏、白、纳西绘画艺术为一体,展现了禅宗、密宗以及道教等多种宗教内容,可以想见,当年汉传佛教、藏传佛教、道教、伊斯兰教以及纳西族独创的东巴教在丽江的兴盛状态。

  古城最有味道的是那小桥流水。左一座,右一座,这一座,那一座,桥桥相通,水水相连,石桥,砖桥,平桥,拱桥,桥边的花,桥下的水,行走的人,都在夜晚灯光朦胧下,五颜六色地呈现着。身在桥上,眼看水里,心飘空中,而随喜捐助的孔明灯、莲花灯则带着美好的祝愿顺水流去。据说玉河水系修建有桥梁三百五十余座,平均每平方公里九十三座,密度之大为全国古城之冠。这里的桥梁形制多种多样,较有特色的如锁翠桥、大石桥、万千桥、南门桥、马鞍桥、仁寿桥,均建于明清时期。其中以四方街东边十余米长的双孔拱圈大石桥最为著名,它由明代木氏土司所建,因桥下河水可看到玉龙雪山倒影又名雪桥。来古城的人都喜欢到这里徜徉驻留,前天从桥上经过的时候就看到一群漂亮的姑娘们,身着背后有"披星戴月"标记的纳西族服饰,在变化着角度进行拍照。

翻看大众媒体,对丽江古城的评价有"一米阳光""柔软的时光"之语,来到古城就会有切身体会。这里的气候干湿季分明,雨量丰沛,光能充足,温度变化不大。虽处高原,终年见雪,但阳光格外温暖、柔和、透亮,年日照时数两千五百多小时。美好的环境也适合花木成长,当地人说这里仅野生花卉就达数百种,出门见花,遍地有花,家家养花,山玉兰、滇藏木兰、云南樱花、海棠花、香水月季、木莲花……名目繁多,百花争艳,简直是花的世界。用一句富有诗意的时髦话来说,到这里来确实是一场"可以期待的邂逅"。

早春的夜晚仍然风味独特。一路散步,凉风拂面,未觉冷清,路边有的是格调各异的酒吧、歌厅、夜店、小吃。有低档的"潜水吧",也有装修豪华的场面,一群一伙的年轻人在尽情地娱乐,丰富低沉的环绕音响不时传到街上。在一些灯光柔和的清静地方,也有人默默地坐在那里品饮。四方街是古城的中心,据说是明代木氏土司按其印玺形状而建。这里是茶马古道上最重要的枢纽,商贾云集,成为各民族经济文化生活的交汇点。四方街附近有专门的小吃一条街,街道两侧排列着数十家大小不等的餐馆,虽种类不同,但都有云南特有的米线,因此也叫"米线街"。因时间关系我们未作停留,却在另一处地方吃到了纳西族的传统菜铜火锅，但感觉与北方火锅差别不大，倒是桌上摆的一些配菜如鸡啄豆腐、米灌肠、鸡豆凉粉、丽江糍粑让人感到味道独特。

丽江自有丽江的节奏，虽然已经离开，但写起丽江来还是又进入了慢节奏，一段一段絮叨不完。这个传承了七百多年的世界文化遗产地之所以让人流连忘返、回味不尽，我想，主要还是古城那自然与文化的和谐交融给人所带来的清静、温馨与灵感久久地荡漾在人的心里。

作于2022年3月下旬丽江归来

山水之乐

山海之间

过段日子,
禁不住行咏四方。
像笼中的鸟,
像园内的兽,
像缸里的鱼;
鸟的婉约在森林,
兽的豪放在山岗,
鱼的自由在海洋。

不妨准备好行装,
时不时来点儿轻狂。
去山中活一活筋骨,
还有那登高望远的畅想;
去林里吸一吸氧气,
还有那宁静淡泊的清爽;
去海上晒一晒阳光,

还有那澄怀观道的苍茫。

　　山海之间,
　　是动物们的世界;
　　天地之间,
　　是人类的家乡。
　　地上的,
　　要用脚去丈量;
　　天上的,
　　要用心去飞翔。

作于 2018 年 5 月 16 日晨。

行咏,行走、吟唱。咏,咏而归。出自《论语》:"莫春者,春服既成,冠者五六人,童子六七人,浴乎沂,风乎舞雩,咏而归。"莫,通"暮";冠者,古时指二十岁以上加冠后的成人;沂,沂水;舞雩,舞雩台;归,一语双关,指回家,也指承继古代传统之道。

婉约,指柔美。汉代王粲《神女赋》有:"扬娥微眄,悬藐流离;婉约绮媚,举动多宜。"又指宋代的词学流派婉约派,风格柔婉清丽,与宋代文坛豪放派的恢宏雄壮相对。鸟与兽的风格类似。

轻狂,古意是轻浮、狂妄,今指敢作敢为,意气风发。

登高望远,源于《荀子·劝学》:"我尝跂而望矣,不如登高之博见也。"

宁静淡泊,出自三国时诸葛亮《诫子书》:"非淡泊无以明志,非宁静无以致远。"

澄怀观道,本指禅的境界,"澄观一心而腾踔万象"。澄怀,就是挖掘心灵中美的源泉,实现"最自由最充沛的深心的自我"(当代美学家宗白华语),从而胸襟廓然,脱尘超凡,完成审美主体的体验。道,是宇宙灵魂,生命源泉,是美的本质所在。

山海之间,是鸟兽鱼虫的乐土,也是人类的家园。

天地之间,人是万物之精华,天地之间人最重要。中国古代《易经·周易》云:"天行健,君子以自强不息;地势坤,君子以厚德载物。"德国古典哲学家、美学家康德的《实践理性批判》云:"有两件事物越思考就越觉得震撼与敬畏,那便是我头上的星空和我心中的道德准则。"天地之间,玄奥无穷,需要每个人独立地去思考、体会和领悟。

雨的天

小时候，
雨天里总喜欢看家燕。
耳听燕语呢喃，
心随精灵盘旋；
可以追逐火车到北京，
可以展开翅膀飞到山那边。

长大后，
雨天里常会躲进后柴屋。
不用割猪草，
尽情找玩物；
可以捣鼓车链条制成小手枪，
可以翻遍旧书箱狂看小人书。

上大学，
雨天里总爱迈进图书馆。

少了作业考试，
不分富贵贫寒；
可以面对圣贤娓娓而谈，
可以心游万仞地北天南。

壮年时，
雨天里常常萌生睡意。
向往太平无事，
卧听雨声淅沥；
可以混沌一片四大皆空，
可以黄粱美梦鲲鹏万里。

年已长，
雨天里总愿品茶闻香。
远离开会讲话，
莫管政军民商；
可以听一听各种旋律的抑扬顿挫，
可以聊一聊国内外的雨雪风霜。

作于2018年5月22日下雨天。

　　家燕，别称燕子、拙燕，是一种夏候鸟，喜欢栖息在人类居住的环境，世界性分布，自古以来深受人们喜爱。

精灵，家燕飞羽为蓝黑色且富有金属光泽，飞行速度快，身姿敏捷，灵动可爱，来去神秘，像黑色精灵。

火车，20世纪60年代通火车的地方还不多，声声汽笛常让人神往，去看北京天安门是那时全国各地孩子们的梦想。

山那边，小时候视野有限，以为山的那一边就是天地的尽头了。

柴屋，农村家庭放置杂物与柴草的地方。

小人书，又称连环画、公仔书、伢伢书，是一种古老的传统艺术，宋代印刷术普及后逐渐成形，老少皆宜，通俗易懂，广泛流传于民间。

四大皆空，佛教用语。这里形容空无一物。

黄粱美梦，比喻虚幻的梦想，见唐代沈既济的传奇故事《枕中记》，后收入宋代李昉等编辑的《太平广记》《文苑英华》，讲述唐代开元年间卢生进京赶考不就，路过邯郸，倚枕而卧，梦见荣华富贵。醒来后一切如故，店主人蒸的黄粱饭还在锅里未熟。

雨雪风霜，一语双关，既指自然界又指人类社会。

转身的时候

十二年,
不长也不短。
占三分之一的工作时间,
是百年人生中的一小段;
又从不惑走过知天命,
几乎奉献了最富庶的壮年。

十二年的风雨,
催白了我的头发,
也吹皱了许多同志青春的面颊;
十二年的酸甜苦辣,
磨砺了我的心智,
也让许多同志远离了青涩的年华。

在这里,
我从理想回到现实,

理解了何为长官意志何为百姓疾苦；
在这里，
我从服务公仆转为服务百姓，
明白了鱼离不开水而不是水离不开鱼。

多少个日夜，
我们绞尽脑汁琢磨推演，
使许多个"第一次"成为后来的积淀；
多少桩事件，
我们临危受命不避艰难，
让许多次"有惊"转为最终的"无险"。

我曾竭力想为大家多办好事，
也可能无意中会误解个别同志；
在成长的同时我也蒙受过委屈，
但比起上访群众都不值得在意；
过去没到位的地方请亲们理解，
而对我的支持和友爱永远不会忘记。

总想学大鸟护雏守护平安，
怎奈留下些遗憾无法言传；
为了兄弟姐妹曾不屑明哲保身，

对于自身却不愿求人增添麻烦；
不怕实话实说会影响升迁，
相信组织宁肯冷板凳多坐几年。

多年来同志们上下进出，
即便没有友谊也送过祝福；
虽给不了同志们什么官和钱，
但把大家当亲朋从不虚意假言；
个人的能耐虽然有限，
总愿工作的小环境里人人有尊严。

回想百姓疾苦有万万千，
我们只是做了一点点儿；
和谐信访之路还很遥远，
惭愧做得不够再无机缘；
此后再不闻访民哭喊，
临别之际倒让人十分留恋。

十二年经历已成过去，
"最难之事"也即将化作烟雨；
在哪里工作都一样归途，
重要的是有滋有味体会一路；

在哪里生活都一样心态，
处处朋友处处快乐已经知足。

十二年是永恒也是瞬间，
定格下美好也会有遗憾；
多大的官也要走马灯地换，
记得住的形象才是大德贤；
再好的宴席都会要散，
留下来的回忆才温馨永远。

作于 2018 年 5 月 25 日。今日上级有关部门约去谈话，明确工作岗位调整。回来路上想起离开中组部到国家信访局已近十三年，往事历历，满怀感情，青春不再，感慨万千，遂手机记之。

三分之一，从 1977 年参加工作至今已经四十一年，十二年多的信访工作经历约占三分之一。

鱼，信访工作使人切身体会到坚持党的宗旨和走群众路线的绝对重要性，用"鱼水关系"形容并不为过。

第一次，十几年来见证了信访事业的创新发展，过去从来没有做过的而现在做成的事不胜枚举。

尊严，尊严有物质也有精神，其实更重要的是精神。

最难之事,过去人们把计划生育工作称为"天下第一难",近年来"天下第一难"的事成了信访工作。即使不是第一难,也是极难之一。

德贤,有德的贤人,组织面前的实干者,人民心中的好干部,周围群众眼里的自家人。

无语的长城

你是山脊，
又是卧龙。
蜿蜒万里，
依势傍形，
崇山峻岭因你而雄；
扼关居险，
烽燧凌空,
蓝天白云伴你苍穹。

你是人功,
又是天成。
筚路蓝缕,
摩手放踵,
你是无数先人血泪的汇凝；
鬼斧神工,
梦绕魂萦,

你是古老华夏文明的图腾。

你是夯砖,
又是疆防。
块块相垒,
血肉臂膀,
你是岿然不动的铁壁铜墙;
顶天立地,
丰碑国殇,
你是中华民族不屈的脊梁。

你是无声,
又是传唱。
千年肃立,
屡经风霜,
你见证了数不清的历史沧桑;
纵横四野,
傲视八方,
你吟诵着人民是英雄的不朽乐章。

作于 2018 年 7 月 5 日调研返城途中。从国务院宣布任命到文物部门工作将近一月,今天第一次下乡到密云古北口蟠龙山长城遗址调研。面对古老长城,作为一名文物工作者,颇为感慨。

周原的启示

从茹毛饮血到打造石器,
漫漫百万年;
从狩猎采集到甲骨卜辞,
悠悠上万年;
从青铜鼎簋到量子纠缠,
泱泱五千年。
历史的长河阻隔着,
人与兽,
文明与野蛮。
而"礼"字,
就像一条船,
将那边摆渡到这边。
成礼,
需要上万年;
失礼,
只在一念间。

作于 2018 年 7 月 9 日下乡调研途中。

周原,古代周人的都城遗址,考古认为距今四千年左右,是五千年中华文明史上的重要一环。宏大的城池遗存和大量精美青铜器的出现是中华文明的重要标识,特别是代表礼法的青铜鼎簋显示着人类社会高度的成熟和文明,曾为身处"礼崩乐坏"的春秋战国时代的孔子所推崇。

石器,石器时代,是考古学家假定的一个时间区段,为考古学上的术语。石器时代分为旧石器时代、中石器时代与新石器时代。考古学对早期人类历史分期的第一个时代,即从出现人类到青铜器的出现,大约始于距今二三百万年,止于距今五千至两千年左右。这一名称是英国考古学家卢伯克于 1865 年首先提出的,这个时代在地质年代上已进入全新世。

狩猎采集,中石器时代人类的典型活动。

甲骨卜辞,是汉字的早期形式,是现存中国王朝时期最古老的一种成熟文字,最早出土于河南省安阳市殷墟,是商朝(约公元前 17 世纪—公元前 11 世纪)的文化产物,距今三千六百多年。

青铜,中国的青铜文化起源于黄河、长江、珠江流域,距今约五千年,止于公元前 5 世纪,大体上相当于考古上的红山文化与良渚文化时代,及文献上记载的中原夏、商、西周至春秋时期,经历了一千五百多年的历史。

礼,《左传·昭公二十五年》:"夫礼,天之经也,地之义也,民之行也。"《论语》:"不学礼,无以立。"《诗经》:"相鼠有体,人而无礼;人而无礼,胡不遄死?"这对今天进一步构建中国特色社会主义精神文明也有重要的启示。

法门寺佛指舍利

您从西方而至,
跋山涉水,
来到中原。

您若天神飘下,
腾云驾雾,
光临下凡。

您自玄幻走出,
无影无踪,
却在身边。

您依菩提说经,
声若天籁,
净化心泉。

您像彩虹升起，

醍醐灌顶，

开悟人间。

作于2018年7月9日。调研至扶风法门寺,深入地宫一线察看文物保护状况,面对伟大的哲学家指骨舍利,颇感震撼。

法门寺,又名"真身宝塔",位于炎帝故里、青铜器之乡——宝鸡市,2004年被联合国教科文组织评为"世界第九大奇迹",全国重点文物保护单位。据传始建于东汉明帝十一年(68),有一千七百多年历史,素有"关中塔庙始祖"之称,曾称作"阿育王寺",隋文帝时改称"成实道场",唐高祖时改名"法门寺",因安置释迦牟尼佛指骨舍利而成为举国仰望的佛教圣地。

菩提,传说两千五百多年前,佛祖释迦牟尼是在菩提树下修成正果的,在印度,无论是印度教、佛教还是耆那教都将菩提树视为"神圣之树"。

醍醐灌顶,醍醐是指酥酪上凝聚的油;灌顶,用纯酥油浇到头上。《敦煌变文集·维摩诘经讲经文》："令问维摩,闻名之如露入心,共语似醍醐灌顶。"

兵 马 俑

是人，
千年不作声；
是俑，
分明有生命。
面对面，
看到了过去的魂灵，
转过身，
又感觉是未来的启蒙。

作于 2008 年 7 月 10 日。到陕西临潼考古现场检查工作，看望慰问一线干部职工，为文物人对历史遗产的一丝不苟的工匠精神和精益求精的科学态度深深感动。与兵马俑的零距离接触让人震撼，中华民族源远流长的文化传统，永远照耀着未来前进的路。

太阳神鸟

像鸟一样欢快飞翔,
像火一样热烈辉煌;
像龙一样自由奔放,
像神一样万能慈祥。

带来了温暖,
洒下了光明;
成就了果实,
驱离了疾病。

我们把珍贵的鹿角奉献,
再把百兽之王的巨齿呈上;
还有琢磨而成的玉璧,
以及千锤百炼的金面人像。

啊!

伟大的太阳，
我们的信仰；
超凡的图腾，
人类的希望。

作于 2018 年 7 月 17 日晚。

太阳神鸟，商周时期的金饰品，2001 年出土于成都市金沙村。该遗址清理出的珍贵文物有千余件，包括精美的太阳神鸟和金面人像等金器，大型的玉璋等玉器，小型的青铜器，以及总重量近 1 吨的亚洲象牙等。太阳神鸟金饰整体为圆形薄片，外径 12.5 厘米，内径 5.29 厘米，厚度 0.02 厘米，重 20 克，含金量高达 94.2%。2005 年金饰图案被国家文物局确定为中国文化遗产标志。中华先民把生命的源泉太阳和天上的神鸟联系在一起，图案简练流畅，充满强烈的动感，具有强烈的象征意义，体现了远古人类对太阳无限崇拜的神话色彩，反映了人类早期朴素的世界观和宇宙观。太阳神鸟是古蜀人早期部落的图腾。

百兽之王，指大象。

祭　山

拜揖长白山，
祖宗的山。
先民魂梦的寄托，
金人血脉的续延。

首叩长白山，
神奇的山。
遥远天外的来客，
古老传唱的诗篇。

二叩长白山，
圣洁的山。
盛夏湛蓝的天池，
隆冬皑皑的峰峦。

三叩长白山，

赐福的山。
哺育万物的粮仓,
滋养生命的水源。

再揖长白山,
护佑的山。
中华一统的丰碑,
万代千秋的安澜。

作于 2018 年 8 月 23 日。

祭山,祭拜长白山。古代有封禅一说,封为"祭天",禅为"祭地",是指中国古代帝王在太平盛世或天降祥瑞之时的祭祀天地的大型典礼。夏商周时期,已有封禅的传说。2014 年至 2017 年长白山北麓宝马城址考古确认,该遗址即为金王朝祭祀长白山的神庙遗址,被誉为我国"2017 年十大考古发现",具有十分重要的历史、社会和科学艺术价值。

拜揖,打躬作揖。拜,表示敬意的礼节,古代男子跪拜礼的一种。揖,古代的拱手礼。

叩首,指伏身跪下,两手扶地,以头近地或着地。传统上祭祀天地祖宗、晋谒君长父老时一种较重的跪拜礼。二揖三叩,流行于山西省晋南一带,为最高规格礼仪。

水源,长白山为图们江、松花江、鸭绿江的源头。

不同与相同

大漠深处的驼铃,
红海沿岸的帆影,
辽阔天空的机鸣。
从千年的丝绸之路,
到今天的一带一路;
不同的只是各种交通,
相同的却是历史使命。

千挑万选的物种,
千难万苦的艰辛,
千回百转的心情。
带来了纸张、瓷器与丝绸,
带去了阿拉伯数字、香料及菜种;
不同的只是交往的场景,
相同的却是发展与和平。

两千多年的求证,
数万里程的跋涉,
风雨中播撒下华夏文明。
张骞、郑和们用了一生,
奠基了今天讲坛上的几分钟;
不同的只是时代与语言,
相同的却是胸怀与友情。

白色黑料的衣袍,
席地而坐的餐饮,
依稀汉唐先民的习性。
长袍马褂、刀叉木箸的区别,
挡不住胡商汉旅的相知相通;
不同的只是风俗与秉性,
相同的却是情感与尊重。

利雅得距北京远隔万里,
穆斯林和儒家各有推崇,
朝麦加与朝黄陵一样虔诚。
远的是疏离,
近的是感情;
不同的只是文化与信仰,

相同的却是精神与传统。

语言只是叶子,
行动结出果实,
迈开腿才有千里之行。
异域的哲理基本相似,
人类的命运自当与共;
不同的只是分头耕耘,
相同的却是拥有未来与收成。

作于 2018 年 9 月 12 日晚参加利雅得沙特阿拉伯国家博物馆"华夏瑰宝展"开幕式后。

红海,位于非洲东北部与阿拉伯半岛之间,其西北面通过苏伊士运河与地中海相连,南面通过曼德海峡与亚丁湾相连,是世界重要的石油运输通道,郑和下西洋的船队到过此处。

机鸣,飞机的轰鸣声。

"丝绸之路",简称丝路,一般指陆上丝绸之路,广义上讲又分为陆上丝绸之路和海上丝绸之路。陆上丝绸之路起源于西汉(前 202—8)汉武帝派张骞出使西域开辟的以首都长安(今西安)为起点,经甘肃、新疆,到中亚、西亚,并连接地中海各国的陆上通道。它的最初作用是运输中国古代出产的丝绸。1877年,德国地质地理学家李希霍芬在其著作《中国》一书中,把"从公元前114年至公元127年间,中国与中亚、中国与印度间以丝绸贸易为媒介的这条西域交通道路"命名为"丝绸之路",这一名词很快被学术界和大众所接受,并正式运用。海上丝绸之路是古代中国与外国交通贸易和文化交往的海上通道,该路主要以南海为中心,所以又称南海丝绸之路。海上丝绸之路形成于秦汉时期,发展于三国至隋朝时期,繁荣于唐宋时期,转变于明清时期,是已知的最为古老的海上航线。2014年6月,中、哈、吉三国联合申报的陆上丝绸之路的东段"丝绸之路:长安—天山廊道的路网"成功申报为世界文化遗产,成为首例跨国合作而成功申遗的项目。

"一带一路",2013年9月,习近平同志提出建设"新丝绸之路经济带"战略构想。2015年3月28日,国家发展改革委、外交部、商务部联合发布了《推动共建丝绸之路经济带和21世纪海上丝绸之路的愿景与行动》。

阿拉伯数字,是现今国际通用数字,最初由古印度人发明,后由阿拉伯人传向欧洲、亚洲。正因阿拉伯人的传播成就,所以人们称其为"阿拉伯数字"。

张骞(前164—前114),汉中郡城固(今陕西省汉中市城固县)人,中国汉代杰出的外交家、旅行家、探险家,丝绸之路的开拓者。建元二年(前139),奉汉武帝之命,由甘父做向导,率领一百多人出使西域,打通了汉朝通往西域的南北道路,即赫赫有名的丝绸之路,被誉为"第一个睁开眼睛看世界的中国人""东方的哥伦布",促进了东西方文明的交流。

郑和(1371—1433),明朝太监,云南人,小名三宝,中国明朝航海家、外交家。1405年至1433年,郑和七下西洋,完成了人类历史上伟大的壮举。

穆斯林,是"伊斯兰"一词的派生名词,意为"顺从真主者""实现和平者"。"伊斯兰"的意思是顺从真主,实现和平,那么信仰伊斯兰宗教的人,就要成为"顺从真主的人""实现和平的人"。穆斯林信仰《古兰经》中的真主(造物主),穆罕默德是真主的使者,是传达经典《古兰经》的圣人。

麦加,被称为"宗教之都",每年在伊斯兰教历的第十二个月,数以百万计的穆斯林会聚集在沙特的麦加,参加一年一度的朝觐。

黄陵,黄帝陵,位于陕西省黄陵县境内,传说是中华民族始祖轩辕黄帝的陵寝,也是《史记》记载的唯一一座黄帝陵寝。

"语言"句,化用阿拉伯谚语"语言是叶子,行动才是果实",用以表明行动的重要性。

三十而立

三十而立,
问问自己?
有兴奋,
有忧思。
已明白了许多,
仍有更多未知。
庆天地、庆父母,
也庆自己。
忧时空、忧事业,
也忧哲理。
立的是志向,
成就靠毅力。
奋斗莫后悔,
悟道顺时机。
三十而立,
永远是命题。

立什么,

何为立?

提问一下子,

作答一辈子!

  作于 2018 年 9 月某日下班途中。适逢孩子生日,有感而发,嘱之。

文化的澳门

知道你二十年前刚回怀抱,
知道你有个洋名叫 MaCao,
知道你美食扬名有生蚝,
知道你博彩成业多富豪。

不曾想你码头林立叫濠镜澳,
不曾想你推崇静修史称莲岛,
不曾想你春秋时期还叫香山澳,
不曾想你五千年前就有彩陶。

从卢家的大屋到岗顶的剧院,
从利玛窦到郑观应及孙中山,
从克拉克瓷远销南洋到西学东渐,
从十五世纪葡人定居已四百余年。

再不要说到澳门只有喝茶,

再不要说到澳门只有筹码，

请你到澳门游游大三巴，

请你到澳门看看文化。

作于2018年10月21日澳门途中。

怀抱，中华人民共和国于1999年12月20日对澳门恢复行使主权，澳门回归祖国怀抱，实行"一国两制、高度自治、澳人治澳"。

MaCao，源于妈祖，明嘉靖三十二年（1553），葡萄牙人从当时明朝广东地方政府取得澳门居住权，当时葡萄牙人从妈祖阁（妈阁庙）附近登陆，问当地人这里的地名，因在妈阁庙旁，当地人便回答妈阁，于是澳门便被命名为MaCau（妈阁葡萄牙语的译音），大陆多拼写为MaCau。

澳，澳门以前是个小渔村，因为当时的泊口称为"澳"，所以称"澳门"。附近盛产蚝（即牡蛎），因此后人又称澳门为"濠镜"。

莲岛，澳门古称，与旧称的"莲花地""莲花茎""莲峰山"相关。澳门特别行政区区旗为五星莲花绿旗。

香山澳，澳门先秦属广州香山，从秦帝国起就成为中国领土，属南海郡。

彩陶，澳门地区的考古发掘，特别是1995年在路环岛黑沙的沙丘中发掘出土的彩陶以及玉器,经鉴定为四五千年前的珍贵文物,说明早在新石器时代,中华民族的祖先,已在澳门一带的地区劳动、生息。

卢家,位于大堂巷的卢家大屋为澳门著名商人卢华绍(卢九)家族的旧居。

剧院,指岗顶剧院,原称伯多禄五世剧院,位于澳门岗顶前地,1860年为葡萄牙人所建,被认定为中国第一所西式剧院。

筹码,用作代表现金,在博彩场所中用作投注的替代品,一般情况下设计成类似硬币般的圆形筹码,也有方形的筹码。

利玛窦,原名中文直译为马泰奥·里奇,利玛窦是他的汉名,天主教耶稣会意大利籍神父、传教士、学者。明神宗万历十一年(1583)来到中国居住,在中国颇受士大夫的敬重,尊称为"泰西儒士"。他是天主教在中国传教的开拓者之一,也是第一位阅读中国文学并对中国典籍进行钻研的西方学者,除传播天主教教义外,还传播西方天文、数学、地理等科学技术知识。

郑观应,祖籍广东香山县(今中山市)三乡镇。他是中国近代最早具有完整维新思想体系的理论家、启蒙思想家,也是实业家、教育家、文学家。他隐居澳门多年,撰成《盛世危言》一书。

克拉克瓷，公元 1602 年，荷兰东印度公司在海上捕获一艘葡萄牙商船"克拉克号"，船上装有大量来自中国的青花瓷器，因不明瓷器产地，当时欧洲人把这种瓷器命名为"克拉克瓷"。

大三巴，大三巴牌坊，正式名称为圣保禄大教堂（1580 年建）遗址，是澳门标志性建筑物之一。2005 年与澳门历史城区的其他文物一起被列入联合国世界文化遗产。这里代指所有文化遗产。

古　城

我站在桥头看月亮，
月亮从山头照河上。
吊脚楼下划过的小船，
荡漾着灯光还是月光？

作于 2018 年 11 月 21 日凤凰古城。

吊脚楼，也叫"吊楼"，为苗族、壮族、布依族、侗族、水族、土家族等少数民族传统民居，多在湘西、鄂西、贵州地区。

拉祜古寨

这是一片绿色的海洋,
这是一座民歌的部落,
这是一个好客的大家。
这个地方,
即使火塘没柴也绝不乱伐,
即使插根拐杖也会发芽,
即使躺倒的朽木也会开花。
这里的人,
只要会说话就会唱歌,
只要会走路就会跳舞,
只要是男人就会弹吉他。
这里的寨子,
大象光临任其吃蕉芭,
女人背娃、做饭还要采茶,
有缅寺有信徒但没有袈裟。
这就是拉祜,

这里的天空水墨画，
这里的山林是氧吧，
这里的高脚楼会说话。
这里的图腾是葫芦，
这里的男人好酒量，
这里的女人衣着似彩霞。
拉祜、拉祜、快乐的拉祜，
这里的饮料是普洱茶，
这里来了客人唱"哈雷驾"，
这里走了客人唱"舍不得呀"！

作于2018年12月14日夜。

拉祜古寨，代表村落为云南普洱澜沧县酒井乡勐根村老达保，这是一个典型的拉祜族山寨，寨内拉祜族传统干栏式建筑保存完好，是国家级非物质文化遗产《牡帕密帕》的保护传承基地之一，是《快乐拉祜》唱响的地方。

"开花"句，指朽木上寄生出灵芝或石斛，像开花一样。

缅寺，南传小乘佛教寺庙。

"哈雷驾"，拉祜族音译，高兴、快乐的意思。

旅途断想

一声老师，
唤醒过去卅年前的深情回忆。
青涩岁月，
烙下当初讲台上的几多痕迹。
风乎舞雩，
成为一生追求中的理想道义。

一座孔庙，
树立起泱泱大国的文化表征；
东奔西走，
演绎着以仁为礼的春秋德政；
大道之行，
成就了千年华夏的灿烂文明。

一道天路，
随时通向九州的角角落落；

人间胜境，
常常都有神奇的美丽传说；
天高水长，
处处留存古时的人类生活。

一份心意，
肩负历史遗产的传承护保；
回归文教，
享受生命季节的秋日静好；
继往开来，
愿作文博大地的雪泥鸿爪。

作于 2019 年 9 月 10 日教师节，从山东到西藏林芝考察途中。

新　月

　　　　　一弯新月，
　　　　　挂在树梢。
　　　　　好似跷跷板，
　　　　　你坐那头，
　　　　　我坐这头。

　　　　　一弯新月，
　　　　　挂在树梢。
　　　　　好似小木桥，
　　　　　外婆住天上，
　　　　　宝宝住地上。

　　　　　一弯新月，
　　　　　挂在树梢。
　　　　　好似缝衣针，
　　　　　游子留城里，

故乡留心里。

一弯新月,
挂在树梢。
好似衣带水,
台湾在那边,
大陆在这边。

作于2020年11月19日(农历十月初五)傍晚台海危机演练下课后。

新月,农历每月初出的弯形的月亮。

跷跷板,见经典儿歌《跷跷板》:"跷跷板,真好玩,你落地时我上天,你上天时我落地,小小朋友不翻脸。"

小木桥,见经典儿歌《外婆桥》:"摇摇摇,摇到外婆桥,外婆对我笑,叫我好宝宝。"

缝衣针,见孟郊《游子吟》:"慈母手中线,游子身上衣。"

衣带水,指像一条衣带那么窄的水流,形容极其相近。

大陆,见余光中《乡愁》:"我在这头,大陆在那头。"

那 座 城

天下的城市千千万，
记住的不多，
世上的人们万万亿，
相识的不多。
有时记住的是城市，
有时记住的是人。

记住城市的，
人很模糊；
记住人的，
城市很清新。
城市依人而亲切，
城市依人而比邻。

因为有人，
那座城更美；

因为友情,
　　那座城更挂心。

作于 2021 年 3 月 12 日,观看某市新闻报道,挂念老朋友有感。

比邻,化用王勃"天涯若比邻"之句。

喝 茶 去

陪你一起去喝茶,
释放掉沉闷与繁杂。
喜看四野花开,
抬望漫天彩霞。

陪你一起去喝茶,
莫管它困顿与发达。
坐数云卷云舒,
心放空阔闲暇。

陪你一起去喝茶,
品咂那琴棋与书画。
沐手焚香坐禅,
享受正清和雅。

陪你一起去喝茶,

> 忘却了季节与年华。
> 随风神游八极,
> 梦想遍走天涯。

作于 2021 年 4 月 19 日午。

喝茶去,亦称吃茶去。"吃茶去"出自唐代赵州禅师典故。其意大致有三:一是学禅需要放下妄想,二是学禅可以殊途同归,三是学禅最妙以茶为媒。

正清和雅,所谓禅茶文化的主要精神。一说指儒家的正气、道家的清气、佛家的和气及茶文化的雅气。另一说"正"指"八正道","和"指"六和敬"。

掠燕湖

掠燕湖的风,
吹皱了湖水,
也梳理着头发,
激发那青春的火花。

掠燕湖的柳,
涂抹了湖情,
也轻拂着身体,
唤起那清纯的记忆。

掠燕湖的花,
打扮了湖容,
也映衬着笑脸,
呈现那爱美的情感。

掠燕湖的鹅,

增添了湖趣,
也撩逗着童心,
敞开那良善的胸襟。

掠燕湖的桥,
美化了湖景,
也象征着"问道",
警醒那脚步的牢靠。

掠燕湖的船,
熏染了湖色,
也感化着修行,
引导那未来的使命。

掠燕湖的风,
吹皱了湖水,
也开悟着人生,
祈愿那事业的成功。

作于 2021 年 4 月 21 日中央党校掠燕湖边。
船,仿制的中共"一大"开会时的南湖红船。

同　学

同学你好，
多么亲切的姓名；
分离之际，
让我再深情地道一声，
你好同学。

虽然上课戴着白口罩，
虽然吃饭隔着塑料板，
虽然不让串楼门，
虽然两月全闭封；
即使言语不多却有眼神的交流，
疫情怎能挡得住同学之情。

不论与你聊过还是没聊，
不论你是男生还是女生，
不论你来自南方还是北方，

不论你属于企事业还是行政；
只要是同学就一定真诚，
只要是同学就会有感情。

也许你是我最后一拨同学，
此生可能再也不会上学。
茫茫人海成不了同学，
那可能是不够修行；
漫漫人生能成了同学，
那可能是前缘注定。

啊，同学！
你是随性的交谈，
你是爽朗的笑脸；
你是掠燕湖沿的脚步，
你是天鹅旁边的身影；
你是小组会上的论争，
你是运动场上的欢呼声。

也许我们相识有点儿晚，
也许我们交流还不够，
也许我们很难再相逢；

但同学就是同学,
在我的心中,
你永远是我的一道风景。

这次学习已然很特殊,
这么长时间封闭还是第一出;
疫情中交流虽然不算多,
限制里有煎熬有不便更有收获;
集体生活个性虽然不同,
互学互帮里有许多故事与感动。

也许你觉得无谓,
但困顿时就会感到同学友谊的珍贵;
也许你还有点儿矜持,
但想起你的面容依然能够令人回味;
也许你不太在乎,
但你的成功里缺不了我由衷的祝福;
也许你已满怀春风,
但有同学你的喜悦就像放飞的风筝。

同学你好,
多么亲切的姓名;

分别之际,
让我再祝你一声,
平稳远行!

作于 2021 年 4 月底,中央党校学习毕业前夕。

读书断想

恍惚间与你一起到远方,
去追寻那斑斓的梦想。
不知荆棘,
不知鲜花,
也许大海,
也许天涯。
随心,
荆棘也是体验,
随兴,
天涯即是奇幻。

不管我从哪里来,
只要有你在身旁。
不管我到哪里去,
只愿有你伴行装。
那琴声,

那鹤影,

以及那绚烂霞光。

那清风,

那白云,

还有那水远山长。

那激情,

那向往,

更有那快乐的飞翔!

作于2021年5月12日,读书有感。书似友、似酒、似梦,读之怡然、酣然、陶然。

相　识

相识是缘分,
有认识才有相识。
但认识不等于相识,
二者之间隔着一道缘。
认识在外边,
相识在里边。

有的人,
认识不认识都一样。
可以聊聊天,
气候冷和暖。
也可以不说话,
如果没有空闲。

有的人,
认识不如不认识。

认识反受其乱,
不认识却顺其自然。
可以活得轻松,
可以少些麻烦。

有的人,
梦想认识。
他们是长空鸿雁,
他们是高山雪莲。
可以仰望星辰,
可以励志向前。

有的人,
尽力相识。
他们抱荆山之玉,
他们赴鹿鸣之宴。
可以升华自身,
可以顺风扬帆。

有的人,
认识就成相识。
认识属命中注定,

相识即披肝沥胆。
可为生命之乐符，
可为同道之伙伴。

相识在品德，
不取决于地位与金钱。
相识有早晚，
不变的是情感与发展。
认识为偶然，
相识是天缘。

作于 2021 年 11 月 8 日，读书有感。

荆山，传说和氏璧出自此山。

鹿鸣，《小雅·鹿鸣》，《诗经》中的一首诗，为《小雅》首篇。这是一首宴饮诗，寓人才济济，和谐安乐。

让文物活起来

活起来,护起来,
从周口店遗址到良渚古城,
从楼兰古国到高句丽王城;
从二里头夏都到三星堆文化,
从古格王朝到西夏王陵。

活起来,传起来,
景仰金沙边展翅飞翔的太阳神鸟,
敬奉红山上腾云驾雾的玉猪龙;
推崇贾村镇首现"中国"的青铜何尊,
向往凉州先民马踏飞燕的疾足凌空。

活起来,动起来,
那黄河蒲津渡威风凛凛的唐代铁牛,
那骊山下勇武雄壮的秦始皇兵马俑;
那大足石刻慈悲为怀的千手观音,

那荆楚大地音域宽广的曾侯乙编钟。

活起来,讲起来,
那罗布泊小河公主的千年微笑,
那马王堆辛追夫人的绸缎罗绫;
那满城中山靖王的金缕玉衣,
那法门寺佛祖的舍利与《涅槃经》。

活起来,走起来,
那"世界三大奇塔"的应县木塔,
那五台山佛光寺的飞檐与斗拱;
那龙门武周皇帝般的卢舍那大佛,
那布达拉宫和神山圣湖的转经筒。

活起来,探起来,
找一找茶马古道的车轮印迹,
辨一辨丝绸之路的风沙驼铃;
览一览张骞、法显们的西行往事,
望一望郑和下西洋船队的幢幢帆影。

活起来,转起来,
那苏州园林亭台楼阁的欢唱,

那千里大运河上的灯影桨声；
那北京紫禁城的金碧辉煌，
那万里长城的壮丽风景。

活起来，用起来，
那殷墟山上的甲骨文，
那孔庙竹简中的《论语》《孝经》；
那莫高窟飞天的衣带当风，
那《清明上河图》里流动的市井。

活起来，展起来，
那新石器时代仰韶文化的彩陶，
那元代青花瓷里的"四爱"梅瓶；
那尼雅遗址的"五星出东方"锦护臂，
那武官村举世无双的后母戊大方鼎。

活起来，承起来，
那南湖上荡漾着的红船，
那遵义会议楼里的身影；
那延安窑洞的璀璨灯光，
那天安门城楼"站起来"的呼声。

活起来,通起来,
认认红海塞林港沉积的中国瓷片,
听听修复后吴哥窟茶胶寺的回声;
擦擦发掘的埃及孟图神庙的碑石,
看看复原的乌兹别克的希瓦古城。

活起来,兴起来,
从亚洲文明展到欧美巡展的华夏瑰宝,
从刺桐古迹申遗到回归的圆明园虎鎣;
从亚洲文化遗产保护行动到全球合作伙伴,
从多国联合考古到讲好中国故事的展厅与游径。

作于2021年12月8日,《关于让文物活起来,扩大中华文化国际影响力的实施意见》文件终审稿报出之际。11月24日下午,中央深改委研究通过"活起来"文件,晚间《新闻联播》即播发消息,本文件起草组同志们相互微信转发,无不欢欣鼓舞。夜不成寐,念之吟之。12月8日再改定。

"四爱",四爱梅瓶是著名的元代文物,四面菱形中绘有"四爱图",即王羲之爱兰,陶渊明爱菊,周茂叔爱莲,林和靖爱梅、鹤。

亚洲文明展,2019年5月13日,由国家文物局主办的"大美亚细亚——亚洲文明展"在中国国家博物馆开幕,首次汇聚全亚洲四十七个国家的文物。

刺桐,泉州古称。

献诗 2022

我希望,
2022,
待新雷一声重整行装。
花甲轮回,意气风发,
就像早晨勃勃初升的太阳。

我希望,
2022,
百花依旧自由地绽放。
姹紫嫣红,鸟语花香,
大人小孩都在欢笑中徜徉。

我希望,
2022,
德尔塔克戎已成过往。
网上线下,万物联通,

街街巷巷全然恢复往日的熙攘。

我希望,
2022,
北京冬奥会如愿正常。
长城内外,冰雪赛场,
各国健儿在腾跃中精彩亮相。

我希望,
2022,
中共二十大续写辉煌。
两个百年,源远流长,
人人都在历史洪流中找准航向。

我希望,
2022,
每天都享受灿烂阳光。
风调雨顺,莺飞草长,
蓝天白云总是那么宁静安详。

我希望,
2022,

家家都能够和顺吉祥。
老人安康,孩子成长,
旰食宵衣的青壮年也快乐舒畅。

我希望,
2022,
休戚依然会及时分享。
高山流水,鼓瑟吹笙,
知交情同手足友谊地久天长。

我希望,
2022,
每个人都有追逐的梦想。
路在脚下,心向前方,
青春的奏歌永远在空中回荡。

  作于 2022 年 1 月 10 日晨,傍晚再改。今日为农历腊月初八,民间俗称腊八,佛教称成道日或成佛日,对自己来说也是特别值得纪念的日子。

  新雷,出自清代张维屏诗《新雷》:"千红万紫安排著,只待新雷第一声。"

  德尔塔克戎,在德尔塔、奥密克戎基础上的一种新的病毒变种。

盱,天晚。

休戚,欢乐和忧愁。

鼓瑟吹笙,出自《诗经·小雅·鹿鸣》:"我有嘉宾,鼓瑟吹笙。"

州桥的性灵

八朝古都,
最难忘的是州桥。
它是鼎盛的表征,
它是宋人的精神,
它是怀古的梦境,
它是明天的憧憬。

州桥是虚的,
它漂浮在人们的传说与念想里,
记载在零星的诗句和水浒故事中;
州桥又是实的,
它守候在脚底下数十米的地方,
滋润着历代开封人的骨血性情。

州桥是凉的,
那里堆积着几经变迁的灰渣残土,

那里遗留着沧海桑田的历史兴亡;
州桥又是温的,
它见证了大宋曾经的繁华与荣耀,
镌刻着中华精神的印痕与传承。

州桥是静的,
它悄悄地躺卧在黄河岸边,
隐藏在一千年前的另一个世界里;
州桥又是动的,
它活在张择端的《清明上河图》里,
显现在千百年宋朝后裔的生活中。

八朝古都,
最难忘的是州桥。
州桥的气象在厚重,
州桥的雅致在精巧,
州桥的大度在平阔,
州桥的意义在性灵。

作于2022年3月2日返京动车上。

州桥,河南开封古桥,名为汴州桥,简称州桥。北宋汴京城扩建后,该桥成为闹市中心。1642年被淤埋,近年被考古挖掘发现。

古韵流香

七律　再见信访

别离信访夜难眠，
苦辣酸甜十二年。
哭跪鸣冤日常景，
推拦阻吓奈何天。
悬壶济世何知累，
送炭勤民敢赴先。
今日他山承祖业，
初心不改似从前。

作于 2018 年 5 月 28 日。平水韵下平声"一先"韵。

十二年，从中组部到信访局工作时间。

"日常景"的"仄平仄"句式，为"平仄仄"句式之变通，律诗中常用。

推拦阻吓，指截访、拦访等消极推诿现象。

壶，古指葫芦，道家的标志之一。悬壶济世，原指道者、医者仁心,救人病痛。这里代指为民解忧。

送炭,雪中送炭之意。

勤民,为民之事。

祖业,祖先的事业、祖传的产业,代指文物事业。

定风波　再上井冈

几次三番上井冈，
每回归去换新装。
常拜伟人前景顺，
谁信？
黄洋界上赤旗扬。

遍野群山花果旺，
真靓。
松涛万里止铿锵。
革命摇篮怀敬意，
牢记。
红军道路放光芒。

作于 2018 年 5 月 31 日井冈山。《定风波》，词牌名，双调，四次换。平水韵下平声"七阳"韵。

换新装，几次从井冈山回去工作岗位都有变化。

这次也不会例外。

红军道路,就是求实创新之路、依靠群众之路、艰苦奋斗之路、执着梦想之路。

渔家傲 初心

夏雨罗霄松竹翠，
茅坪大井徘徊醉。
烽火瑞金人不寐。
庐陵至，
感怀先烈潸潸泪。

三上井冈朝圣地，
初心不忘民情寄。
百载炮声传主义。
中华治，
五洲震荡红旗炽。

作于 2018 年 6 月 13 日井冈山。《渔家傲》，词牌名，又名《渔歌子》《渔父词》，双调仄韵。平水韵去声"四寘"韵。

初心，出自佛教用语，《华严经》有"不忘初心，方得始终"句。现指初衷。

罗霄,罗霄山脉,位于湘赣边界,湘江、赣江分水岭,井冈山在其中段。

茅坪、大井,均为地名,红军战斗、生活过的地方。

醉,指痴迷、执着思考的样子。

瑞金,地名,中华苏维埃临时政府所在地。

庐陵,吉安的古称,红军长征出发地。

潸潸泪,一语双关,一是在吉安调研并缅怀先烈时天降大雨,似感天动地;二是先烈事迹令人感动落泪。

百载炮声,一语双关。一指十月革命一声炮响为我们送来了马克思列宁主义,二指黄洋界上的炮声开创了中国革命农村包围城市的新道路。

五洲,代指世界。中国特色社会主义发展模式令世界为之震撼。

七律　拜兄

经年几度晤尊兄，
欢快如同霁月风。
部里京城传故事，
港湾境外似云中。
封侯八桂南通海，
执耳四川西建功。
吐哺周公天府幸，
将来百姓庆丰隆。

作于2018年7月19日飞机上，老同事彭兄在香港、广西、四川任职期间均曾晤面。平水韵上平声"一东"韵。

霁月风，光风霁月。光风，雨后初晴时的风；霁，雨雪停止。形容雨过天晴时万物明净的景象，比喻开阔的胸襟和心地。

部里，指中组部。

云中,指"持节云中"典故,即汉文帝命冯唐拿着符节(信物)去云中办差一事。这里指奉命驻港事。

八桂,广西别称。

通海,指打通南向东盟通道一事。

执耳,执牛耳,指主要领导者。

吐哺,借"周公吐哺"典故指代礼贤下士的宽广胸怀和亲民作风。

天府,四川古称天府之国。兄长甫到四川即提出"一张蓝图绘到底,重整行装再出发",承前启后,深得人心;"一干多枝,五区协同"的实事求是战略构想为四川省经济社会发展提出了新的目标。

七律　丝路敦煌

秋来塞外赏婵娟，
辐辏文坛去燧烟。
丝路千年传故事，
胡商万里奏和弦。
飞天欢舞九霄外，
菩萨慈悲四海边。
绿树玉门成大道，
阳关常聚共翩跹。

作于 2018 年 9 月 27 日(农历八月十八日)敦煌行车途中。

平水韵下平声"一先"韵。

塞外，古代指长城以北的地区，也称塞北，包括内蒙古、甘肃、宁夏、河北等省、自治区的北部以及蒙古高原。

婵娟，指明月或月光。

辐辏，比喻四方的人才或货物像车轮上的辐条聚集在縠上那样汇集到一处。

文坛,文化论坛,指第三届丝绸之路(敦煌)国际文化博览会高峰论坛。

燧,烽燧,也称烽火台。如有敌情,白天燃烟叫烽,夜晚放火叫燧,是古代传递军事信息最快最有效的方法。

烟,指烽火与狼烟。

故事,指古代陆上丝绸之路和海上丝绸之路上的众多历史故事。

和弦,一语双关,既指欢歌快舞,又指和谐之路。

飞天,在佛教初传不久的魏晋南北朝时,曾经把壁画中的飞仙称为飞天。敦煌飞天就是画在敦煌莫高窟中的飞仙,后来成为中国敦煌壁画艺术的一个专用名词。

玉门,中国汉代长城关隘及障塞烽燧(烽火台)遗址,位于甘肃省敦煌市北境。史籍记载,汉武帝为抗御匈奴,联络西域各国,隔绝羌胡,开辟东西交通,在河西"列四郡,据两关",分段修筑障塞烽燧。唐代王之涣的《凉州词》中"春风不度玉门关"之句,描写了边塞雄伟壮阔又荒凉寂寞的景象。

阳关,在今甘肃敦煌西南,古代通西域的必经关口。唐代王维《送元二使安西》中有"西出阳关无故人"之句。

七律　南海一号

南洋万里起凶狂，
风雨千年海底藏。
景德龙泉磁灶色，
青花润玉釉胎光。
品摩碟碗同悲喜，
遥想云帆有感伤。
何处遗存无故事，
每回观后叹沧桑。

作于2018年10月22日广东阳江海陵岛。平水韵下平声"七阳"韵。

南海一号，南宋初期一艘从福建出发运送瓷器而失事沉没的木质沉船，1987年在广东江门、阳江之间海域发现，是国内发现的第一个沉船遗址，距今八百多年，为研究海上丝绸之路的历史、陶瓷史提供了极其重要的实物资料。

千年,南宋至今近千年。

"景德"句,江西景德窑、浙江龙泉窑、福建磁灶窑产品种类不同,色泽有别。

"青花"句,指瓷器的各种颜色、质地。

云帆,代指货运大帆船。

七律　飞行客

京城忙罢赴长沙，
尽览芙蓉忘品茶。
海里召传乘夜月，
怀堂宣誓待朝霞。
凤凰再访经黔地，
燕冀回还过土家。
自打投身文物客，
苍茫风雨总无暇。

作于2018年11月22日，四天时间两赴湖南，两次子夜乘机，有感而发。平水韵上平声"六麻"韵。

芙蓉，指芙蓉国，湖南的代称，湘、资、沅、澧流域广产木芙蓉。

海里，中南海俗称。

召传，紧急电传。

怀堂，指怀仁堂。

宣誓,指面对宪法宣誓事,党的十九大以来,凡新任职各级政府官员均须履行此程序。个人参加了11月20日上午的集体宣誓活动,由总理监誓。

凤凰,指凤凰古城,位于湘西土家族苗族自治州。

黔地,指贵州铜仁,到凤凰古城经由铜仁机场较方便。

燕冀,指北方地区,这里特指北京。

土家,指张家界市,土家族聚居地。从永顺县老土城返北京,由张家界机场出发最近。

七律　南海基地

椰风花锦庆开张,
水考奠基旗帜扬。
致远北疆浮史册,
沉船南海辨沧桑。
江山万里鼎瓯在,
华夏千年甲骨藏。
近代羸穷无限恨,
中兴文物竞芬芳。

作于 2018 年 11 月 27 日下午。平水韵下平声"七阳"韵。

花锦,花团锦簇。

水考,指国家文物局水下考古南海基地。

致远,致远舰,致远舰、经远舰为中日甲午海战沉舰,近年在辽东海域先后经考古发现,亦可泛指北方所有文化遗产。

沉船,指以"南海一号"为代表的在南海海域发现的古代船只。

鼎,古代用以烹煮肉和盛贮肉类的青铜器具。列鼎的数目在周朝代表着不同的身份等级。

瓯,古代酒器,饮茶或饮酒用。常用金瓯比喻疆土的完固。

甲骨,甲骨文字,这里代指众多文化遗产。

五绝　广州塔

南海托神韵,
长空舞彩裙。
星辰浮左右,
夜静更迷人。

作于2018年12月2日晚。平水韵上平声"十二文"韵。

广州塔,当地人称"小蛮腰",塔高六百米,为中国第一、世界第三观光塔,排新羊城"八景"之首。

浪淘沙　吴哥窟

断壁锁硝烟,
古木参天,
吴哥窟里遍飞仙。
试证菩提因果事,
微笑千年。

真腊记先前,
沧海桑田,
海丝万里寄情缘。
神庙保修存旧忆,
上下歌弦。

作于 2018 年 12 月 5 日子夜,注于 6 日行车途中。调寄《浪淘沙》,又名《浪淘沙令》,双调平韵。平水韵下平声"一先"韵。

吴哥窟,又称吴哥寺,被称作柬埔寨国宝,是世界上最大的单体庙宇。吴哥窟原始的名字意思是"毗湿奴的神殿",中国佛学古籍称之为"桑香佛舍",为12世纪时吴哥王朝国王苏耶跋摩二世举全国之力所建,后毁弃于战火。它是吴哥古迹中保存最完好的建筑,以建筑宏伟与浮雕细致闻名于世。1992年联合国教科文组织将吴哥古迹列入世界文化遗产。

飞仙,飞动的仙女,即中国飞天的原型,汉音译为阿普萨拉,为印度古神话传说中的人物,印度古代两大史诗《摩诃婆罗多》和《罗摩衍那》中均有记载。

微笑,指高棉的微笑。吴哥城里以巴戎寺为代表的寺庙中,有许多四面佛雕像,个个脸带安详的微笑,这就是令吴哥窟蜚声世界的"高棉的微笑"。

真腊,柬埔寨古称,这里指《真腊风土记》。这是一部介绍古国真腊历史、文化的中国古籍,元代周达观著,在国内外研究真腊及吴哥窟方面具有非常重要的作用。

海丝,指海上丝绸之路。自古以来中柬两国人民交流频繁,世代友好。

保修,指文物保护修复。二十五年前中国文物工作者即开始具体参与由联合国教科文组织主办的吴哥古迹保护行动,先后保护修复了周萨神庙、茶胶寺,王宫遗址、崩密列寺、柏威夏寺也正在进行前期研究。

上下,指柬埔寨政府和人民,中国文物援柬行动得到柬埔寨政府和人民高度评价。12月5日,柬埔寨国王西哈莫尼在吴哥古迹战象平台举行庆祝保护吴哥古迹国际协调委员会成立二十五周年庆典晚宴,并接见了作者。

歌弦,歌唱演奏,泛指欢欣鼓舞。

风入松　古茶园

山高林密雾朦胧,
四季雨间晴。
钟灵毓秀西南里,
澜沧畔、普洱称名。
瘦马千程古道,
妙医腊祖神明。

七星垒灶煮香茗,
烟雨付公卿。
今朝往代都为客,
笑谈中、不论输赢。
窗内茶禅一味,
云前静品人生。

作于 2018 年 12 月 14 日。调寄《风入松》,古琴曲有《风入松》,唐僧皎然有《风入松》歌,见《乐府诗集》,调名本此,亦名《风入松慢》。双调平韵。平水韵下平声"八庚"韵。

澜沧,澜沧江。

普洱,地名,这里指普洱茶。

腊,布朗族、傣族、拉祜族等少数民族称茶为"腊"。腊祖,即茶祖。澜沧县有茶祖山。

七星灶,旧时一种灶,这里语出京剧《沙家浜》唱词:"垒起七星灶,铜壶煮三江。"

云前,化用"宠辱不惊,看庭前花开花落;去留无意,望天上云卷云舒"之意。

七律　文物还乡

青铜玉璧古陶楼，
远渡重洋索美洲。
睹物伤怀无限恨，
仰天长叹万千羞。
重逢故旧拥夷地，
牵手游魂返九州。
莫顾航程烟雨漫，
复兴王业盼归流。

作于2019年2月28日美国印第安纳波利斯市。平水韵下平声"十一尤"韵。

此次受命赴美追索返还中国文物艺术品二百余件，涉及文物门类多，时间跨度长。主要有新石器时代玉璧、春秋战国时代青铜剑戈、汉代陶罐陶仓、明代彩釉陶楼及清代木构件等，具有较高的历史价值和艺术价值，是近年来中美两国在文化交流领域精诚合作的典范,是中美签署限制进口中国文物政府间谅解备忘录以来第三次也是规模最大的一次中国文物返还。中国流失海外文物数量庞大,是中国文化遗产不可分割的重要组成部分,寄托着中国人民原始的文化记忆和深沉的历史情感。加强流失文物追索返还,维护各国文物安全,是秉持国际公约精神、弥合历史缺憾、尊重各国人民文化权益和民族情感、共创和平开放共赢世界文化环境的正义之举,同时也考验着当代国际社会的道德良知与智慧远见。文化遗产交流合作是中美关系中最生动、最具亲和力的元素,是增进两国人民友谊和了解的重要而独特的桥梁。"阳和启蛰",逢此盛事,值得一记。

七律　浙西老屋

浙西辗转趁清晨，
入画蛇行瓯水滨。
璞玉埋藏无导引，
金盆讨饭苦逡巡。
阳光雨露春芽嫩，
水绿山青老屋新。
薜荔千村重喜笑，
扶贫济困本于仁。

作于 2019 年 3 月 14 日浙江丽水。平水韵上平声"十一真"韵。

浙西，丽水位于浙西南。

瓯水，指瓯江，浙江第二大江，位于浙江西南部，历史上曾名永宁江、永嘉江、温江、慎江，发源于龙泉市与庆元县交界的百山祖西北麓，自西向东流，贯穿整个浙西南山区,流经丽水、温州等市。沿途山路蜿蜒,风景秀丽。

璞玉,指天然形成,尚未经雕琢过的美玉。璞,指未琢之玉,《韩非子·和氏》:"王乃使玉人理其璞,而得宝焉。"

金盆,金钵,原指佛家世代相传之食钵,后泛指前人传下来的思想、学术、技能等。

逡巡,出自汉贾谊《新书·过秦论上》:"逡巡而不敢进。"指因为有所顾虑而徘徊不前、退却。

"阳光"句,一语双关,既指自然春天来临,又指改革开放后相关政策的实施。

老屋,指丽水一带山村明清时代的老祖屋。屋,古语入声。"拯救老屋行动计划"是国家文物局响应《国家乡村振兴战略规划》安排之一。

薛荔,又称木莲,常绿藤本。这里指梵语 Preta 的译音,或译为"薛荔多",义为饿鬼,毛泽东同志曾作有"千村薜荔人遗矢"诗句。

仁,指传统仁政,是文化自信的根本。

七律　后土祠

暮春巡保上高楼，
河水空濛一望收。
峨岭果花开万亩，
龙门草鲤竞中流。
辞章汉武雄才壮，
绝唱史迁风骨悠。
始祖轩辕从此祭，
黄天后土是源头。

　　作于2019年4月13日黄河之滨。平水韵下平声"十一尤"韵。

　　后土祠，古代帝王祭祀后土——土地之神地母的处所。在上古时期，祭祀和战争是人们最重视的两件大事，所以《左传·成公十三年》有这样的说法："国之大事，在祀与戎。"最初的祭祀对象是"社"，"社"就是土地之神，即后土地母。从商代开始，祭祀的对象除了

"社"之外,又加上"稷","稷"就是谷神,即周代的始祖后稷。在先秦的文献中,"社稷"就是国家的同义词,可见人们对土地神和谷神的敬仰程度。

巡保,巡察全国重点文物保护单位。山西省"国保"单位近五百处,排全国各省区市之首,其中运城市又排全国地级市之首,正应了"五千年文明看山西"之语。

高楼,指秋风楼,位于汾阴脽上的后土祠内,因楼上藏有汉武帝《秋风辞》碑而得名。东依峨嵋岭,西隔黄河与陕西省韩城市司马迁祠相对,托地傍水,居高临险。因黄河淹没,曾于清代康熙、同治年间重修,现存建筑为清代同治九年(1870)重建。

河,泛指黄河与汾河,汾河至运城市万荣、新绛县一带汇入黄河。

峨岭,峨嵋岭,在今山西万荣县南。《清一统志·蒲州府》记载:峨嵋岭"一曰峨嵋坡,高四里,蜿蜒曲折,跨永济、临晋、猗氏、万泉四县,接绛州闻喜、河津二县界"。

果花,指苹果花,四月初正值苹果花开。运城市境盛产苹果,甘甜、酥脆、口感好,已远销欧美。

龙门,位于运城市境内,是黄河的咽喉,此处两面大山,黄河夹中,河水破"门"而出,一泻千里。传说这里就是"大禹治水"和"鲤鱼跳龙门"的地方。

辞章,指汉武帝《秋风辞》,又指汉武帝的文才武略。当年汉武帝在祭祀完后土之后,泛舟于河汾之间,同群臣欢宴于船上,作《秋风辞》:"秋风起兮白云飞,草木黄落兮雁南归。兰有秀兮菊有芳,怀佳人兮不能忘。泛楼船兮济汾河,横中流兮扬素波。箫鼓鸣兮发棹歌,欢乐极兮哀情多,少壮几时兮奈老何。"

绝唱,指《史记》,是中国历史上第一部纪传体通史,最初称为《太史公书》,作者是与汉武帝同时代的司马迁。鲁迅在他的《汉文学史纲要》一书中称赞《史记》是"史家之绝唱,无韵之离骚"。

风骨,包含两个含义。一是古代文论的术语,是对文学作品内容和文辞的美学要求;一指刚正气概。

轩辕,即黄帝(公元前2717—公元前2599),古华夏部落联盟首领,中国远古时代华夏民族的共主,五帝之首,被尊为中华"人文初祖"。传说轩辕黄帝平定天下,在汾阴扫地设坛,祭祀后土。

皇天:古代指天,天帝。后土:古代指地,土神。皇天后土是天地或天地神灵的总称。

七绝　篁岭村

粉墙戗角岭嶙岣，
深树鸣莺水澈纯。
文旅扶贫重立意，
产权置换古村新。

作于 2019 年 5 月 11 日晚江西婺源。平水韵上平声"十一真"韵。

戗角，指歇山或四合院房屋转角处之屋面结构，为徽派建筑独特风格。

古村，指篁岭，位于江西婺源县。村落群山环抱，房屋鳞次栉比，梯田层层叠叠，景色十分壮观。除春季的油菜花海外，篁岭的秋季更有名，火红的辣椒、金黄的稻谷出现在每家每户的屋顶木架上，形成独有的晒秋农俗景观，为著名摄影胜地。

七律　尼泊尔

雪峰飞越叹崎岖，
今古西游总觉殊。
法显取经佛诞地，
阿尼监寺汉皇都。
高山老树天然景，
圣水新云散漫图。
神庙维修怀大义，
中尼丝路举双觚。

作于2019年5月21日尼泊尔加德满都。平水韵上平声"七虞"韵。

雪峰，指喜马拉雅山珠穆朗玛峰。

法显，晋时僧人，生于平阳郡（今山西临汾一带），曾到过尼泊尔境内释迦牟尼佛祖诞生地蓝毗尼，唐时高僧玄奘亦曾到此。

阿尼，指阿尼哥，尼泊尔著名工艺家，元朝时来华监造北京白塔寺。

汉,指汉民族。

圣水,指巴格马提河和比兴马提河,加德满都谷地喜马拉雅山山前重要河流。

新云,云朵白、浓、净、嫩,如同刚沐浴打扮过一样。

神庙,指加德满都杜巴广场九层神庙,2015年在尼泊尔大地震中部分损毁。后中尼签署文物保护相关协议,由中国文化遗产研究院牵头承担维修任务。

觚,古代酒器,商代和西周初期常用。

五绝　夏季

花瘦乃知季,
绿肥何再春。
倏然初夏至,
吟颂诸诗人。

作于 2019 年 6 月上班途中。平水韵上平声"十一真"韵。

五律　武夷山

夏荷时节至,
赣北遍幽篁。
天下武夷秀,
崇安九曲滂。
岩茶传印度,
建盏赴南洋。
闽越王城在,
倡文朱子香。

作于 2019 年 6 月 22 日。平水韵下平声"七阳"韵。

崇安,武夷山市古称。

九曲,溪水名。

建盏,为宋朝皇室御用茶具,以建州窑为代表。

王城,西汉闽越王都城。

朱子,朱熹,曾在武夷山创办书院。

七绝　扬州

　　五回不觉下扬州,
　　六月亦能游码头。
　　塔上凭栏湖水瘦,
　　长江依旧向东流。

　　作于2019年6月25日高铁上。平水韵下平声"十一尤"韵。

　　码头,古大运河码头,至今通航。

　　塔,指栖灵塔,隋文帝仁寿元年(601)于大明寺内所建,塔高九层,塔内供奉佛骨。唐武宗会昌三年(843)化为焦土。1980年,鉴真大师塑像回扬"探亲",各界人士倡议重建栖灵塔。1988年,大明寺方丈瑞祥法师在该寺东园选址重建栖灵塔并立奠基石。

　　湖,指瘦西湖。

五绝　玉门古城

旷漠孤城圮，
疏河土寺荒。
风沙掩不住，
犹辨古汉唐。

作于2019年7月2日。平水韵下平声"七阳"韵。

孤城，指锁阳古城，位于唐代玉门关内，今酒泉瓜州县境内，汉代时即在此建城。

疏河，指疏勒河，明代时已改道断流。

土寺，指唐时塔尔寺，位于唐时锁阳城外，是我国现存唯一以土坯为材料建筑的藏经塔遗迹。据有关史书记载，唐玄奘取经时曾驻留此寺长达数月。

七绝　赠士澍先生

文山书海卅余年，
甲骨鼎钟方寸天。
杏地竹虚弘正道，
鹅池兰静启良贤。

作于 2019 年 7 月 30 日晨，为苏士澍先生从事出版工作四十周年作。平水韵下平声"一先"韵。

卅，四十。

杏地，传说孔子讲学处，亦作杏坛。

鹅池，传说王羲之养鹅处，借指书法领域。

七绝　星云大师

众生普度遍天涯，
佛我即心本一家。
四给十修三好意，
云升星耀坐莲花。

作于 2019 年 7 月 14 日离开佛光山途中。平水韵下平声"六麻"韵。

四给、十修、三好，均为星云大师所倡导。

云升星耀，寓佛光普照，又暗含大师佛号。

坐莲花，是指菩萨、罗汉、佛祖等坐在莲花座上。莲花与释迦牟尼的许多传说联系在一起，是佛教经典和佛教艺术经常提到和见到的象征物，表征清静、无染、光明、自在、解脱之义。

七律　台湾行

地图屡次望台湾，
梦绕蓬莱蜃景间。
阿里日潭清净地，
澎湖钓岛好江山。
成功驱虏凯歌奏，
于氏怀亲绝唱还。
海峡从来衣带水，
重逢兄弟喜开颜。

作于 2019 年 7 月 13 日。平水韵上平声"十五删"韵。
阿里，指阿里山。
日潭，指日月潭。
钓岛，指钓鱼岛。
成功，郑成功。
于氏，指于右任先生。绝唱，指《望大陆》一诗。
海峡，台湾海峡。峡，古语入声。

五律　荷风小院

小院晨曦至，
荷苞带露开。
微微清气溢，
朗朗惠风裁。
诗系远方在，
耕和传教来。
友人知我意，
赠此海佳材。

作于 2019 年 7 月 12 日晨赴机场途中。平水韵上平声"十灰"韵。

七绝　格根塔拉

　　蓝天绿草白云间，
　　野径远山清水湾。
　　八月北疆人气旺，
　　裙装策马笑声还。

作于 2019 年 8 月 14 日。平水韵上平声"十五删"韵。

格根塔拉，指格根塔拉草原，位于内蒙古自治区四子王旗境内。

裙装，指花枝招展的女士们。

五绝　云深

秋高根塔拉，
靓女似葵花。
草阔为心路，
云深是我家。

作于 2019 年 8 月 14 日。平水韵下平声"六麻"韵。

根塔拉，指格根塔拉草原。

七律　西藏行

秋高桂月赴天边，
波密泽当贡嘎连。
桑寺布宫成古鉴，
红楼博馆谱新篇。
雅江草甸白云下，
羊措牦牛雪岭前。
公主和亲如意路，
从来汉藏共团圆。

作于2019年9月13日西藏拉萨。平水韵下平声"一先"韵。

桑寺布宫，桑耶寺和布达拉宫，这里系泛指。

红楼，位于波密，进藏十八军某部旧址，革命文物保护单位。

措，藏语为"湖"。

公主，指文成公主、金城公主。

七绝 郊外

细雨重阳野径荒,
雾浓溪瘦草林黄。
斑斓图画无穷尽,
秋色原来山里藏。

作于 2019 年 10 月 7 日重阳节吕梁庞泉沟。平水韵下平声"七阳"韵。

七律　致友人

蝶飞蜂舞满园香,
霹雳晴天雨雪霜。
娇艳牡丹千滴泪,
劲苍松柏几重伤。
仙人羽化恩缘在,
后辈传承薪火长。
鸥鹭凌霄酬壮志,
海疆放眼锦帆扬。

作于2019年10月11日,外地出差期间惊闻友人家中长辈逝世,不胜哀悼,寄词以慰。平水韵下平声"七阳"韵。

七绝　佛罗伦萨

达芬奇画动天神,
美第齐藏满目珍。
红酒牛排工业地,
文明时尚带头新。

作于 2019 年 10 月 19 日意大利佛罗伦萨。平水韵上平声"十一真"韵。

达·芬奇,欧洲文艺复兴时期的科学家、发明家、画家,现代学者称他为"文艺复兴时期最完美的代表"。他最大的成就是绘画,杰作《蒙娜丽莎》《最后的晚餐》等作品,体现了精湛的艺术造诣,其最著名的作品《蒙娜丽莎》现在是巴黎卢浮宫的三件镇国之宝之一。爱因斯坦认为,达·芬奇的科研成果如果在当时就发表的话,科技可以提前三十至五十年。

美第齐,意大利佛罗伦萨 13 世纪至 17 世纪时期在欧洲拥有强大势力的名门望族,美第齐银行是欧洲最兴旺的银行。家族中曾产生三位教皇、多名佛罗伦萨的统治者、一位托斯卡纳大公、两位法兰西王后等。佛罗伦萨乌菲齐美术馆里著名艺术家如马萨乔、多那太罗、波提切利、达·芬奇、拉菲尔、德拉瑞亚、米开朗琪罗、提香、曼坦尼亚等的作品,多是美第齐家族的收藏。

七绝　戛纳

生鱼黄贝果舒雷,
游艇棕榈琥珀杯。
海岸蔚蓝欢喜地,
亚欧万里一来回。

作于2019年10月21日罗马。平水韵下平声"十灰"韵。

戛纳,位于尼斯市西南,濒地中海,是滨海阿尔卑斯省省会。这里海水蔚蓝,气候温和,棕榈遍布,阳光明媚,与尼斯和蒙特卡洛并称为南欧三大游览中心。戛纳电影节一年一次在此举办,它颁发的金棕榈大奖被公认为电影崇高荣誉之一。

果舒雷,果味舒芙蕾,舒芙蕾也有译为蛋奶酥,是一种源自法国的烹饪方法。

五律　罗马城

岁马万城址，
史传狼乳婴。
万神嵬岸势，
斗兽慨慷声。
奥勒留贤帝，
拉菲尔盛名。
特韦雷水碧，
道路向光明。

作于2019年10月22日罗马。平水韵下平声"八庚"韵。

罗马，世界著名的历史文化名城，公元前753年建城，至今已两千七百多年，因历史悠久被人称为"万城之城"。

狼乳婴，相传罗马的创建人罗幕洛是母狼喂养大的，因而古罗马的城徽图案是母狼哺育婴儿。

万神，指万神殿，至今保存完整的唯一一座古罗马帝国时期建筑，始建于公元前27—25年，由罗马帝国首任皇帝屋大维的女婿建造，用以供奉奥林匹亚山上诸神，被米开朗基罗赞叹为"天使的设计"。

斗兽，指斗兽场，亦译作罗马大角斗场，建于公元72—82年间，是古罗马文明的象征。

奥勒留，全名为马可·奥勒留·安东尼·奥古斯都，公元161—180年担任罗马帝国皇帝，代表作品有《沉思录》，著名的"帝王哲学家"，古罗马"五贤帝"之一。

拉菲尔，意大利著名画家，"文艺复兴后三杰"中最年轻的一位，代表了文艺复兴时期艺术的巅峰。

特韦雷，特韦雷河，又称台伯河，罗马城内主要河流。

道路，俗语有"条条道路通罗马"之说。

七律　巴黎圣母院

再瞻圣院在初冬，
缓步环行痛肺胸。
举目为难哀惨景，
伤怀不忍忆前容。
耶稣神殿尖哥顶，
雨果笔端双塔钟。
万里共商修复事，
黄河塞纳友情浓。

作于2019年10月巴黎。平水韵上平声"二冬"韵。

巴黎圣母院，位于塞纳河畔巴黎市中心，是哥特式基督教教堂建筑，始建于1163年，是古老巴黎的象征，虽是一幢宗教建筑，但它闪烁着法国人民的智慧，反映了人们对美好生活的追求与向往。2019年4月15日晚大火中部分被毁。法国大文豪维克多·雨果的名作

《巴黎圣母院》享誉全球。

尖哥顶,指哥特式建筑,11世纪下半叶起源于法国,13—15世纪流行于欧洲的一种建筑风格,常被使用在欧洲主教座堂、修道院、城堡中,其基本构件是尖拱和肋架拱顶,整体风格为高耸消瘦,表现了神秘、哀婉、崇高的强烈情感,对后世其他艺术有重大影响,其魅力来自比例、光与色彩的美学体验。

双塔钟,指巴黎圣母院内的两座钟塔。

塞纳,塞纳河,这里代指法国。

踏莎行　山海之城

雨打山林，
浪惊海岸，
鸥燕声里浓云散。
帆樯点点布沙湾，
椰风丽景阳光灿。

咖豆飘香，
桑巴浪漫，
足球之道堪称赞。
耶稣孔子各为神，
海丝路上同甘难。

作于2019年11月巴西里约。《踏莎行》，词牌名，又名《踏雪行》《踏云行》《喜朝天》等，以晏殊《踏莎行·细草愁烟》为正体，双调仄韵。平水韵去声"十七霰"韵。

咖豆,咖啡豆,巴西为全世界咖啡豆产量最大国,占总产量三分之一,阿拉比卡种类最为著名。

桑巴,是一种音乐加舞蹈的混合体舞台艺术,被称为巴西的"国舞"。

耶稣,基督教创始人。巴西近70%人信奉天主教,20%人信奉基督教。

海丝,指海上丝绸之路,巴西为"金砖五国"成员之一。

七律　金砖巴西

观星巡日绕寰球，
自业经欧全美洲。
山海交融成典范，
城区风景领潮流。
金砖会议人文在，
华夏工程思想留。
互鉴东西成一体，
黄河马逊泛方舟。

作于2019年11月12日巴西金砖国家人文交流论坛期间。平水韵下平声"十一尤"韵。

山海，指世界遗产地里约热内卢市的"山与海之间的卡里奥卡景观"。

城区，指世界遗产地巴西利亚市，被誉为现代"世界建筑艺术博物馆"。

工程，指中国特色社会主义伟大工程。

东西，指地缘政治的东西方，一般来说东西方国家划分有三个标准，即地理位置、文化背景和政治体制。

马逊，指世界著名河流亚马逊河，巴西为主要流经地。

方舟，西方传说中的诺亚方舟，这里代指人类命运共同体。

七律　吊子厚先生

少怀宏远勇图新,
司马十年轮作尘。
蛇捕民间谈故事,
潭藏笔下记昏晨。
舜陵高仰古风志,
五岭嶙峋柳子身。
今往庙堂传八大,
潇湘流水念斯人。

作于 2019 年 11 月 20 日湖南永州市。平水韵上平声"十一真"韵。

子厚,指柳宗元,字子厚,河东(今山西省永济市)人,唐代文学家、哲学家,唐宋古文八大家之一。因为他是河东人,终于柳州刺史任上,史称柳河东或柳柳州。

司马,指的是唐顺宗年间推行一系列善政的一批革新派官僚士大夫,主张打击宦官势力、革新政治,后失败均遭贬,其中柳宗元被贬永州司马,在任十年。

舜陵,传说舜帝逝于湖南省永州市九嶷山。

古风,古人之风,指质朴淳古的习尚、气度和文风。

五岭,长江与珠江流域的分水岭,指越城岭、都庞岭、萌渚岭、骑田岭、大庾岭,横亘在湖南、广东、广西、江西之间。

柳子,指柳宗元先生,古代称老师或称有道德、有学问的人为"子"。永州有柳子庙,始建于北宋仁宗至和三年(1056),属国家重点文物保护单位。

庙堂,指遗址及纪念地。

八大,指唐宋古文八大家,是中国唐代韩愈、柳宗元和宋代王安石、欧阳修、苏洵、苏轼、苏辙、曾巩八位散文家的合称。

五律　独秀峰

梯径几旋空,
凌霄阁对迎。
星罗山叠彩,
玉带水流清。
龙隐伏波影,
鹤翔舞月明。
桂林甲天下,
独秀著声名。

作于2019年11月22日桂林。平水韵下平声"八庚"韵。

独秀峰,桂林著名景观之一,位于市中心靖江王城内,孤峰突起,陡峭高峻,俯瞰四周诸峰叠翠,江山竞秀,素有"南天一柱"之称。南宋王正功岩刻"桂林山水甲天下"即在此处。

龙隐,一语双关,既指龙隐洞,又泛指山形地貌。

七律　悼老李同志

记否当年李局头，
笑声爽朗振层楼。
从来为政称公仆，
只管耕耘似老牛。
万丈晚霞无限意，
九霄霁月不知忧。
倏然仙逝难相见，
每念高风泪自流。

作于2019年11月26日子夜上海浦东干部学院，惊闻老领导梦锡同志驾鹤西归，忆往念今，关怀难忘，夜不能寐，披衣成句，遥寄哀思。平水韵下平声"十一尤"韵。

仆，古语入声。

霁月，指明月，语出宋人黄庭坚《豫章集·濂溪诗序》："舂陵周茂叔，人品甚高，胸怀洒落，如光风霁月。"

高风，指高风亮节。

七律　"一大"会址

再瞻"会址"访源头，
潮涌百年救九州。
分娩一朝夸里弄，
怀胎十月念红楼。
南陈北李赤旗举，
西马东毛主义求。
更使遗存多保护，
后人睹此志常修。

作于2019年11月26日教学途中。平水韵下平声"十一尤"韵。

里弄，上海方言，指胡同，这里指望志路106号"一大"会址。

红楼，指北京大学红楼，当年李大钊同志办公地，位于北京市五四大街29号，原为北京大学第一院，全楼以红砖红瓦建成，故称红楼。作为新文化运动、五四运动的发源地,1961年被公布为第一批全国重点文物保护单位。

五律　迎春花

阳春虽已到，
云翳抑情怀。
口罩成奇货，
宅男绕灶台。
怅惘孤影去，
惊异野花来。
犹解新冠苦，
羞惭路角开。

作于 2020 年 3 月初值班路上。平水韵上平声"十灰"韵。

云翳，一语双关，既指自然界之阴云，又指心头之愁绪。

宅男，这里指因受新冠肺炎疫情影响而被限制居家之人。

野花，这里指迎春花，迎春花与梅花、水仙和山茶花统称为"雪中四友",是中国常见的花卉。

新冠,指新冠肺炎疫情,自 2020 年 1 月底从武汉爆发以来,举世惊恐。3 月 11 日联合国世界卫生组织宣布其为"大流行"疾病,必将成为人类历史上重大事件之一。

五绝　紫藤花

蜜蜂寻味至，
天女散花来。
不顾疫情暗，
紫红嘟噜开。

作于 2020 年 4 月 15 日。平水韵上平声"十灰"韵。

疫情，指 2020 年全世界流行的新冠肺炎疫情。

七律　呈张兄

同朝为吏十余年，
往事如烟聚眼前。
闹访群中无畏苦，
游行现场敢当先。
运筹维稳发长落，
竭虑安防身不眠。
难忘祸灾肝胆照，
退休兄弟举杯欢。

作于 2020 年 5 月 1 日，张兄退休在即，感慨系之。平水韵下平声"一先"韵。

闹访，一种严重违规上访行为。

五律　雁南飞

昨前兄北归，
今次弟南飞。
云淡天如洗，
风和日更辉。
子瞻耕海角，
才俊起京闱。
此后何相晤，
水迢山峻巍。

作于 2020 年 6 月 15 日，刚从海南归来，即闻朋友去海南赴任，感慨从此相见不易。平水韵上平声"五微"韵。

京闱，科举时代在京城举行的考试，这里指经"高考"出来的才俊。

七绝　北宋彩塑

千年安坐法兴寺，
只待因缘会有时。
对视灵犀何所悟，
佛光幽渺蕴玄机。

作于2020年9月1日山西长治市。平水韵上平声"四支"韵。

法兴寺，位于山西省长子县境内，始建于十六国时期的后凉，历代均有修葺，宋代元丰年间重建后更名为"法兴寺"。前殿，又叫园觉殿，是寺内最大的建筑，殿高约八米，门框、格扇窗、骨架全为石柱、木柱支撑，斗拱肥硕，飞檐腾空，雄浑庄重。殿前有一座石雕燃灯塔，是国内现存唐代三个石灯塔之一，隔柱上刻有"唐大历八年清信士董希璇于此寺敬造长明灯台一所"之句。殿内佛像多为宋代泥塑，石砌佛台上端坐释迦佛，文殊、普贤菩萨列座，两边靠墙有十二尊圆觉像，面庞圆润,高髻秀眉,神采灵动,所着服色柔和,衣纹律动,庄重俊美,让人震撼。

七律　重登鹳雀楼

巧月重登鹳雀楼,
丰登五谷遍田畴。
华山云雾披霞彩,
河水中流舞鹭鸥。
万载火源黄土起,
盛唐气势古城留。
再观湖畔芦苇茂,
普救蛙鸣响九州。

作于2020年9月1日。平水韵下平声"十一尤"韵。

巧月,农历七月。

鹳雀楼,又名鹳鹊楼,中国四大名楼之一,位于山西省永济市蒲州镇,始建于北周时期,1997年底重修。

华山,古称"西岳",为五岳之一,位于陕西省渭南市华阴市,与山西永济市隔河相望。

河水，黄河。

火源，山西芮城西侯度遗址，为中国境内最古老的一处旧石器时代遗址，是中国最早的人类用火证据，距今已有一百八十万年。

古城，蒲州古城，古称蒲坂，位于山西南端黄河东岸，是我国古代六大雄城之一，《帝王世纪》云"舜都蒲坂"。蒲州城外古蒲津渡有一座横跨黄河的浮桥，比西方波斯军队架的博斯普鲁斯海峡浮桥还要早四十八年，堪称天下第一浮桥。1989年从古城西门外出土唐代开元时所铸铁牛、铁人各四尊，每尊铁牛加底座七十吨左右。

湖，伍姓湖。

普救，普救寺，位于永济市蒲州镇西厢村的塬上，始建于唐武则天时期，原名西永清院，是一座佛教十方禅院，元代王实甫《崔莺莺待月西厢记》故事发生地。寺内有座方形砖塔，原名舍利塔，俗称莺莺塔。这座塔同北京天坛的回音壁、河南宝轮寺塔、重庆潼南区大佛寺内的"石琴"，并称为中国现存的四大回音建筑；和缅甸掸邦的摇头塔、匈牙利索尔诺克的音乐塔、摩洛哥马拉克斯的香塔、法国巴黎的钟塔、意大利的比萨斜塔，并称为世界六大奇塔。

蛙鸣，似蛙的回声。

七绝　再访关帝庙

春秋楼下花依旧，
龙凤柏前思未休。
千载烟云成往事，
余留忠义满神州。

作于 2020 年 9 月 2 日解州。平水韵下平声"十一尤"韵。

解州关帝庙，为武庙之祖，地处山西运城市解州镇西关，创建于隋开皇九年（589），宋、明、清时曾扩建和重修，代表建筑是"春秋楼"。春秋楼，因楼上有关羽读《春秋》像，故名，又名麟经阁，现存建筑为清同治九年（1870）修。第一次登楼在 1978 年学生时代，四十年后以文物工作者身份再次登楼。

七绝　北疆博物馆

百载津门故事长，
北疆标本叹洋桑。
千淘万沥留鸿迹，
形色如生心底藏。

作于2020年9月22日。平水韵下平声"七阳"韵。

洋桑，指西洋人桑志华（1876—1952），法国博物学家、地质学家、古生物学家、考古学家，本名保罗·埃米尔·黎桑，"桑志华"是其来华后为自己起的中文名字。1914年以法国天主教耶稣会神甫的身份来到中国，从事田野考察和考古调查工作二十五年，足迹遍及中国北方各省，行程五万多公里，采集地质、古生物标本达几十万件，创建了北疆博物馆（天津自然博物馆前身）。1923年夏天，他和德日进发现和发掘了水洞沟遗址，对中国的史前考古做出重大贡献。著有《中国东北的山区造林》《华北(黄河及北直隶湾其它支流流域)十年查探记》《桑干河草原旅行记》,作为主要作者与他人合著了《华北及蒙古人种学上的探险记》《北疆博物馆的鸟类及北疆博物馆收藏的树木标本》。1938年回法国,1952年逝世,敬业精神令人崇敬。

形色,指各种标本的形状与颜色。

七律　登盘山

中秋节季上盘山，
借缆登峰一瞬间。
雨后云天呈墨画，
日斜草木染红颜。
乾隆诗赞岩松静，
吾辈咏歌溪水潺。
欲问幽燕何处胜，
江南风景蓟州还。

作于2020年9月23日下午由蓟返京途中。平水韵上平声"十五删"韵。

盘山，位于天津市蓟州区西北，始记于汉，兴于唐，极盛于清。乾隆皇帝先后巡幸盘山三十二次，留下歌咏盘山诗作一千七百多首，并发出"早知有盘山，何必下江南"的感叹。因怪石、奇松、清泉秀水而天然形成"三盘之胜"："上盘松树奇""中盘岩石怪""下盘流泉冷,十里闻澎湃"。

幽燕,古称今河北北部及辽宁一带,因唐代属幽州,战国时期属燕国,故名。

七律　颐和园

每至中秋望玉宫,
今时昨日念相同。
弟兄曾会香山下,
棠棣常开海淀中。
把盏船头邀皓月,
咏歌湖面御清风。
人生快意知何似,
渺渺天河流不穷。

作于2020年10月1日晚,农历中秋节。平水韵上平声"一东"韵。

玉宫,月亮的别称。

棠棣,花名,黄色,春末开。《诗·小雅·常棣》篇,是一首讲述兄弟应该互相友爱的诗,后常用以指兄弟。"常棣"也作"棠棣"。

皓月、清风,化用北宋文学家苏轼创作的《前赤壁赋》一文。

七绝　喇叭沟

爬山归去响歌声,
花甲登峰步履轻。
桦白枫红秋色黛,
落霞归鸟伴君行。

作于 2020 年 10 月 5 日北京怀柔区柏查子村。平水韵下平声"八庚"韵。

喇叭沟,喇叭沟原始森林公园地处北京市最北端,距城区约一百六十公里,属暖温带和寒温带交接处,保存着北京地区面积最大的蒙古栎林、白桦林、山场林等原始次生林七万亩,森林覆盖率居北京市之首,是怀柔区三大生态景区之一。

花甲,六十岁。

白,古语入声。

七律　红山口

培训国防抗疫长，
核酸口罩闭封墙。
港台闹独异常乱，
山姆选投分外狂。
论理讲坛明大势，
演推战场比优强。
从今深悟环球事，
国稳家安人亦康。

作于2020年10月15日红山口，在全国新冠抗疫斗争取得阶段性伟大胜利的情况下，国防大学第56期省部级国家安全研究班在全封闭管理下终于开学了，有幸参加，十分珍惜。平水韵下平声"七阳"韵。

红山口，国防大学校址所在地。

核酸，核酸检测。新冠肺炎疫情尚未结束，入学时人人必检。

闹独,"港独""台独"活动加剧。

山姆,山姆大叔,代指美国。

选投,正值美国第58届总统选举投票前夕,特朗普、拜登对华态度均较强硬。

演推,指课堂上对抗操演。

破阵子　网球

清早鸟鸣霜降，
寒风人影灯光。
场上绿球来去快，
网拍从容正反忙。
削抽都自强。

军地同窗共话，
课间操练相帮。
忘却青山夕照晚，
总喜苍松不老长。
身心当健康。

作于2020年10月23日霜降日晨练后。《破阵子》，词牌名，又名《十拍子》，双调，各三平韵。平水韵下平声"七阳"韵。

军地，指军队和地方人员。

七律　打靶行

秋深靶场整军行，
龙虎榜头观竞争。
长猎蝶飞花粉碎，
微冲弹落土尘惊。
男生威武齐称道，
女子英姿共掌声。
不畏风云多变幻，
常披迷彩为安宁。

作于2020年10月25日打靶归途中。平水韵下平声"八庚"韵。

长猎，长管猎枪。

微冲，微型冲锋枪。

渔家傲　观北斗

郊外深秋观北斗，
卫星卅五连宸宙。
海角天涯随意走。
曾比否，
氢钟不落美欧后。

重器向来为甲胄，
更须奋斗初心守。
两百复兴欢庆酒。
重抖擞，
风云四海当旗手。

作于 2020 年 10 月 28 日晚参观北斗导航系统后。《渔家傲》，词牌名，又名《渔歌子》《渔父词》，双调仄韵。平水韵上声"二十五有"、去声"二十六宥"韵。

卅五，四十五，指北斗二、三号卡体系统四十五颗组网卫星。

宸,古代指帝王的住所,代指天下。宙,宇宙。

氢钟,为北斗导航关键部件计时器,三百万年误差不超一秒,比肩美国 GPS 计时器。

重器,国之重器。

两百,两个一百年奋斗目标。

鹧鸪天　西山

拄杖穿林野径荒,
红枫石堡眺斜阳。
玉泉塔影秋山黛,
西苑湖波暮草苍。

人不老,
踏丘冈,
雄心壮志比儿郎。
学来今古平戎策,
归去身家更自强。

作于 2020 年 10 月 29 日傍晚红山口。《鹧鸪天》,词牌名,又名《思佳客》《醉梅花》等,双调各三平韵。平水韵下平声"七阳"韵。

西苑,指颐和园一带。

平戎策,化用宋代辛弃疾的《鹧鸪天》"却将万字平戎策"句。

清平乐　听讲

新冠惨烈，
域外悲声咽。
唯我复苏行旅热，
幸赖军民团结。

军中院士铿锵，
年关赴汉扶伤；
三月疫苗测试，
未来科技呈强。

作于2020年10月30日聆听国家荣誉称号"人民英雄"获得者陈薇院士宣讲后。《清平乐》，原唐教坊曲，后用作词牌名，又名《醉东风》《忆萝月》，为宋词常用词牌。正体双调，前阕四仄韵，后阕三平韵。

域外，截止演讲当日，全球新冠肺炎感染者已达四千四百九十四万人。

行旅,旅行,据统计,国庆期间全国游客出行已达六亿三千多万人次。

年关,指农历年底。

汉,武汉的简称。

院士,陈薇同志为中国工程院院士。

疫苗,指陈薇院士团队研发的重组腺病毒5型载体新冠疫苗。

如梦令　秋夜

秋雨淅零凉爽,
步散欢谈操场。
自在夜西山,
别有一番气象。
毋忘,
毋忘,
最惬同窗陪赏。

作于 2020 年 11 月 17 日夜,小雨。《如梦令》,词牌名,又名《忆仙姿》《宴桃源》,五仄韵,一叠韵。

天净沙　初雪

枯枝瘦鹊孤巢,
落红斜径涵桥。
小雪寒山破晓,
徐行吟啸,
自如随喜心潮。

作于2020年11月21日,小雪。《天净沙》,曲牌名,又名《塞上秋》,单调三平韵、两仄韵(另有一仄韵体式)。平水韵下平声"二萧"韵。

小雪,明日小雪节气,今日果降第一场雪。

随喜,佛教用语,指"随"着欢"喜",体现一种物我无间的情怀。

诉衷情　北海

月轮北海笼寒烟,
金玉抚琴弦。
《听泉》《观雁》《渔唱》,
陶醉小窗前。

心不老,
似当年,
半神仙。
柔情侠骨,
流水行云,
堪比先贤。

作于2020年11月22日晚北海书院。《诉衷情》,词牌名,晚唐文学家温庭筠创作此调,双调平韵。平水韵下平声"一先"韵。

金玉,金童玉女,代指琴手。《听泉》《观雁》《渔唱》,均为琴谱名。

望海潮　送战友

疫情还在，
秋林红遍，
地军百望成营。
现场观摩，
课堂教授，
棋盘布演排兵。
血性似龙城。
更南海边寨，
暗斗明争。
披阅星光，
练操拂晓，
论输赢。

同侪往事闻名。
忆峥嵘岁月，
精彩人生。

时代风云,

汉唐气象,

尚须马立刀横。

奋斗永年轻。

有幸存知己,

鼓瑟吹笙。

来日相逢战友,

把酒庆升平。

作于2020年11月22日国防大学。《望海潮》,词牌名,双调平韵。平水韵下平声"八庚"韵。

地军,指地方与军队人员。

百望,百望山,是太行山延伸到华北平原最东端的山峰,有"太行前哨第一峰"的美称。传说杨六郎与辽兵曾在山下大战,佘太君登山观战为六郎助威,故又名望儿山。国防大学位于百望山山麓。

龙城,出自王昌龄的《出塞》:"但使龙城飞将在,不教胡马度阴山。"

同侪,指辈分相同的人。出自《左传·僖公二十三年》:"晋郑同侪,其过子弟,固将礼焉。"杜预注:"侪,等也。"

存知己,借用王勃《送杜少府之任蜀州》:"海内存知己,天涯若比邻。"

鼓瑟吹笙,语出《诗经·小雅·鹿鸣》:"呦呦鹿鸣,食野之苹。我有嘉宾,鼓瑟吹笙。"

鹧鸪天　同窗情

夜静人闲百望宁，
与君把盏论平生。
忧愁往事皆淘去，
自在琴音天注成。

今往后，
和其鸣，
有缘千里再相迎。
予怀渺渺风云意，
流水高山万古情。

作于2020年11月23日百望山下。《鹧鸪天》，词牌名，又名《思佳客》《醉梅花》等，双调各三平韵，平水韵下平声"八庚"韵。

百望，百望山。

和其鸣，化自《诗经·小雅·伐木》："嘤其鸣矣，求其友声。"

予怀渺渺,化自苏轼《前赤壁赋》:"渺渺兮予怀。"

流水高山,化自《列子·汤问》讲的俞伯牙和钟子期互为知己的故事。

五绝　送君

桌牌依旧在，
神貌遽然生。
鸿雁万千里，
犹闻君唤声。

作于 2020 年 11 月 26 日毕业临别时。平水韵下平声"八庚"韵。

桌牌，课桌上的姓名牌。

五律　寄李兄

夜聚华科大，
主宾欢不眠。
瑜山浓雾锁，
小院绿荫连。
京畿才相会，
江城又续缘。
俞钟传故事，
兄弟慕先贤。

作于2020年12月12日晨。平水韵下平声"一先"韵。

华科大，华中科技大学，位于瑜山脚下，李兄任校长。

江城，指武汉。

俞钟，指俞伯牙、钟子期。

五律　神农架

大雪神农架，
飞花旷野间。
天桥溪水瘦，
帝谷雾云闲。
冰挂呈仙态，
金猴逗笑颜。
野人虽不见，
奇异数巴山。

作于2020年12月15日神农架盐茶古道调研归来。平水韵上平声"十五删"韵。

飞花，指漫天遍野的雪花，亦好似梨花。

天桥，指天生桥景区。

帝谷，指神农谷，神农又称神农大帝。

冰挂，这里主要指晶莹剔透、千姿百态的树挂。

金猴，指金丝猴，神农架特有珍稀动物。

巴山，指大巴山脉，是中国陕西、重庆、湖北三省交界地区山地的总称，同时也是嘉陵江和汉江的分水岭，四川盆地和汉中盆地的地理界线，神农架坐落其中。

五律　天涯

那回观海角，
从此算投缘。
常梦为飞鸟，
未思是老年。
"天涯"雍正后，
"知己"永徽先。
往日荒凉地，
今时不夜船。

作于 2020 年 12 月 10 日。平水韵下平声"一先"韵。

那回，指 20 世纪 90 年代第一次到海南，从此往来不断。

天涯，三亚湾海边巨石上"天涯"二字为清代雍正年间崖州知府程哲所题。

知己，生于初唐永徽年间的诗人王勃有"海内存知己，天涯若比邻"之句。

七律　访李道长

向晚寒冬访白云，
同辉日月巧时辰。
阴阳八卦乾坤动，
太极混元大道循。
龙虎天师传正一，
中条吕祖启全真。
武当今夜琼浆好，
会长酣谈体悟新。

作于2020年12月24日晚。平水韵上平声"十一真"韵。

李道长，指中国道教协会会长李光富先生。

白云，指北京市白云观，为道教全真龙门派祖庭，享有"全真第一丛林"之誉。新中国成立后，中国道教协会、中国道教学院及中国道教文化研究所等全国性机构均设立在此。

同辉日月,太阳与月亮同时出现在天空。

八卦,见《周易·系辞下》:"仰则观象于天,俯则观法于地;观鸟兽之文与地之宜;近取诸身,远取诸物,于是始作八卦,以通神明之德,以类万物之情。""四象生八卦",八卦生自太极、两仪、四象中,它用三组阴阳组成的形而上的哲学符号中所蕴含的深邃的哲理来解释自然、社会现象。太极,指天地未开、混沌未分阴阳之前的状态。极,古语入声。《周易·系辞》:"是故易有太极,是生两仪。"两仪即为太极的阴、阳二仪。太极图是"太极"思想在儒、道两家结出的硕果。

龙虎,指龙虎山。

天师,张天师,原名张道陵,东汉徐州丰县人,道教创始人。正一派称祖天师、泰玄上相、大圣降魔护道天尊。

正一,正一(平水韵入声)派以天师道为代表,习惯上,天师道也称为正一道。正一道是中国道教后期两大派之一,宗坛龙虎山。

中条,指中条山,相传吕洞宾出道前隐居地。

吕祖,吕洞宾,道教主流全真派祖师。原名吕喦,道号纯阳子,唐代河东蒲州人,民间称为"孚佑帝君""吕纯阳""吕祖"等,道家称为"妙道天尊",为民间传说的八仙之一,也是"五文昌"之一,常与关公、朱衣夫子、魁星及文昌帝君合祀。

全真，全真道，又称全真派，与正一道并为道教两大派别，金代王重阳创立，主张儒、佛、道三教合一，即以"三教圆融、识心见性、独全其真"为宗旨，奉《道德经》《清静经》《孝经》《心经》《全真立教十五论》等为主要经典。元代全真道鼎盛时期的代表人物为丘处机。

武当，指武当山，中国道教圣地，又名太和山、仙室山等，古有"太岳""玄岳""大岳"之称，位于湖北省西北部十堰市。武当武术，是中华武术的重要流派，元末明初道士张三丰开创武当派。1994年武当山古建筑群入选《世界遗产名录》，2006年列为"全国重点文物保护单位"。

七律　西行

冬云惨淡雪阑干,
疫警未消何惧难。
金满龟兹千佛在,
北庭西域故城残。
荒滩杨柳伫不语,
闹市梅花开正欢。
丝路天山文化地,
今来歌舞庆安澜。

作于2021年1月12日库车市。平水韵上平声"十四寒"韵。

疫警,指举世惊恐的新冠肺炎疫情,全球确诊已达八千万人。

金满,北庭故城遗址所在地,为唐代北庭大都护府治所遗址,位于新疆维吾尔自治区吉木萨尔县城正北,古代丝绸之路北道必经之地。西汉宣帝至神爵二年

（公元前60）此地为车师后部王庭所在地,称金满城。

龟兹,中国古代西域大国之一,以库车绿洲为中心,辖境相当于今新疆维吾尔自治区阿克苏地区和巴音郭楞蒙古自治州部分地区,遗留下比莫高窟历史更加久远的佛教石窟艺术,有"第二个敦煌莫高窟"之称。

西域,指西域都护府,西汉宣帝年间在乌垒城(今轮台县境内)建立,《汉书·郑吉传》中所称的"汉之号令班西域矣"从此开始。

杨柳,指胡杨和红柳。

梅花,残雪卧枝,恰似梅花遍开。

文化,以文化人,文化润疆。

七绝　千佛洞

红褐青金带黑玄，
本生经变有因缘。
千年佛教藏崖洞，
考古知微续史篇。

作于 2021 年 1 月 12 日库车市。平水韵下平声"一先"韵。

千佛洞，克孜尔石窟又称克孜尔千佛洞，位于新疆维吾尔自治区拜城县克孜尔镇东南明屋塔格山的悬崖上，南面是木扎特河河谷。克孜尔石窟是中国开凿最早、地理位置最西的大型石窟群，为龟兹王国所建，时间大约在公元 3 世纪至公元 8—9 世纪。

"红褐"句，指各种矿物颜料的色彩。

"本生"句，指各种佛教壁画中的本生、因缘和经变故事。

五律 咏馕

大如蒲叶扇,
薄脆溢葱香。
入烤为青白,
出坑呈嫩黄。
龟兹传技巧,
近代显灵光。
文脉千年续,
此馕功最强。

作于 2021 年 1 月 13 日库车市。平水韵下平声"七阳"韵。

考古证实,古龟兹国即有馕坑。

七绝　乌垒遗址

故城荒漠几徘徊，
识辨残陶人自哀。
金句田陈犹在耳，
汉唐每忆壮怀开。

作于2021年1月14日轮台县。平水韵上平声"十灰"韵。

故城，指古代乌垒城。

金句，指西汉守边名将田延寿、陈汤的上书："明犯强汉者，虽远必诛！"汉唐，指汉唐气象。

七律　雪至

今晨瑞雪恰逢生，
天降祥氛草木萌。
恩感上苍知父母，
机逢时代有阴晴。
西山未觉晚霞色，
旷野难留鸿雁声。
从此庙堂无愧悔，
清风浮世放心行。

作于 2021 年 1 月。平水韵下平声"八庚"韵。
雪，今冬逢京城第一场雪。
生，生日。
萌，冬至后草木即逐渐复苏。
清风，从苏轼《前赤壁赋》之意。

生查子　问候

月明共海生，
只是遥相候。
百望醋如馨，
广化歌依旧。

白云猴福祥，
深圳花浓厚。
庚子有前缘，
辛丑常回首。

作于2021年元旦月明之夜。《生查子》，词牌名，又名《相和柳》《陌上郎》《楚云深》等，原唐教坊曲，后用为词调，正体双调仄韵。

候，问候。

百望、广化、白云，均地名，分别指百望山、广化寺、白云观。

八声甘州 迎辛丑

叹庚辛子丑苦相逢，
全球疫情慌。
忆初封武汉，
驰援救助，
上下惊忙。
处处袖标门岗，
口罩白衣凉。
恐乱纷服药，
痛断心肠。

有赖中央军地，
更专家众志，
救死扶伤。
但欧非美澳，
竟病触膏肓。
盼双赢、莫分中外，

论始终、人类共图强。
　　看来日，信崇文化，
　　互鉴流长。

　　作于2021年2月12日春节。《八声甘州》，既是词牌名也是曲牌名，从唐教坊大曲《甘州》截取一段改制而成。因全词前后片共八韵，故名八声，慢词。平水韵下平声"七阳"韵。
　　百万，至辛丑年关，全球新冠病毒感染者已上亿，病亡两百万以上。
　　欧非美澳，欧洲、非洲、美洲、澳洲。

忆江南　天鹅

天鹅好，
此景旧曾临。
荡漾湖波春色浅，
冷清山径鸟鸣深。
莫忘远飞心。

作于2021年3月1日中央党校。《忆江南》，原唐教坊曲，后用作词牌名，又名《谢秋娘》《望江南》《江南好》等。平水韵下平声"十二侵"韵。

五绝　早春

知梅早懂春，
诗赋趁清晨。
长椅闲如旧，
寂寥思故人。

作于2021年3月7日早晨。平水韵上平声"十一真"韵。

"诗赋"句，化用唐代诗人杨巨源"诗家清景在新春"之句。

最高楼　回归

辛丑后，
八进校园修。
百舸竞中流。
功名四十堪回首，
平安奋力莫言休。
老员工，
新考古，
作文叟。

曾不见、古人悲白发；
望不断、夕阳沧海下。
春去也、有秋收。
风光正好登临处，
回归纸墨志方酬。
畅开怀，
重聚首，

站高楼。

作于2021年3月13日中央党校。《最高楼》,词牌名,又名《醉亭楼》等,以辛弃疾《最高楼·客有败棋者代赋梅》为正体,双调,前阕四平韵,后阕两仄韵、三平韵。平水韵下平声"十一尤"韵。

四十,参加工作四十余年。

老员工,这里指老党务工作者。

文叟,文化老人。

纸墨,借指文字。

西江月　观《李大钊》京剧

民众喑呜赤县,
马恩炮响苏联。
红楼倡义李陈传,
燃起火星一片。

华夏复兴百载,
普罗莫忘从前。
书生热血换新天,
先辈精神再现。

　　作于2021年4月12日晚。《西江月》,原唐教坊曲,后用为词牌名,又名《白蘋香》《步虚词》《江月令》等,双调各两平韵一仄韵。平水韵下平声"一先"韵、去声"十七霰"韵。
　　喑呜,悲咽难以说话。
　　赤县,战国时邹衍曾称中国为赤县神州,后用以指中国。

炮响,指俄国布尔什维克党领导的十月革命一声炮响,宣告世界上第一个以马恩主义为指导思想的社会主义国家诞生。

红楼,北京大学红楼,位于北京市东城区五四大街29号,是李大钊、陈独秀、毛泽东最早传播马克思主义和民主科学进步思想的重要场所。

李陈,李大钊、陈独秀。

普罗,普罗米修斯,希腊神话中泰坦巨神后代,名字有"先见之明"的意思。

五绝　上巳之晨

桃水漾春意，
香丘笼柳烟。
野莺喧破晓，
舟独待人还。

作于 2021 年农历上巳节（4 月 14 日）晨。平水韵下平声"一先"韵。

上巳，俗称三月三，是汉民族传统节日，该节日在汉代以前定为三月上旬的巳日，后来固定在夏历三月初三。上巳节是古代举行"祓除畔浴"活动中最重要的节日，人们结伴去水边沐浴，称为"祓禊"，此后又增加了祭祀宴饮、曲水流觞、郊外游春等内容。

桃水，桃花水，指春水。

香丘，遍开香花的山丘。

破晓，早晨天刚发亮，陆游《杏花》诗："念当载酒醉花下，破晓啼莺先唤人。"当以佐注。

七律　赠谢家同学

忽忆菊时识汴京，
香山不觉又相迎。
窗前研讨习思想，
饭后深谈国社情。
湖岸赏评长鲤意，
丘旁听辨大鹅声。
烟云花甲往常事，
从此青春自在行。

作于 2010 年 4 月某日课间。平水韵下平声"八庚"韵。

谢家，出自唐代王勃《滕王阁序》"非谢家之宝树，接孟氏之芳邻"，指晋朝谢安、谢玄的家庭，谢玄曾以"芝兰玉树"比喻好子弟。这里指谢同学。

菊时，农历九月。

汴京，开封古称，菊花为开封市花。

习思想,第五期培训班主题的简称。

湖,中央党校掠燕湖。

大鹅,白、黑天鹅,这里一语双关。

齐天乐　习三组

疫期同读"新思想",
香山脚前难忘。
龚组担纲,
老安电脑,
全总优盘拷上。
卓媛欢唱。
年少是刘肖,
有周儒将。
加谢彭胡,
共研深讨不谦让。

有缘千里重会,
莫言平与顺,
相互依傍。
达济民生,
云帆沧海,

穷则修身何恙？
先贤崇尚。
革命永青春，
惯看风浪。
来日禅茶，
笑谈潮落涨。

作于2021年4月17日课后。《齐天乐》，词牌名，又名《齐天乐慢》《五福降中天》《台城路》等，以周邦彦《齐天乐·秋思》为正体，双调仄韵，另有其他变体。平水韵去声"二十三漾"韵。

习三组，指第五期省部级"习近平新时代中国特色社会主义思想"（简称新思想）高级研修班第三组，本组共十名同学，分姓胡、龚、彭、谢、卓、周、肖、安、全、刘。

疫期，处新冠肺炎疫情期间，全封闭管理。

读，古语入声（仄）。

电脑，全组唯老安电脑随身，随时笔记。

优盘，U盘。

媛，美女。

达济，化自《孟子》"穷则独善其身，达则兼济天下"之句。

云帆,化自李白《行路难》"长风破浪会有时,直挂云帆济沧海"之句。

禅茶,"禅"是心悟、超然、境界,"茶"是灵草、云华、清友,所谓"禅茶一味",二者相融,中国禅茶文化精神大致可以概括为"正、清、和、雅"。

七绝　牡丹

万紫千红次第开,
雍容华贵暮春来。
最知雨后国花美,
疑是霓裳仙女裁。

作于2021年4月18日。平水韵上平声"十灰"韵。

国花,牡丹花被称为花中之王。唐代刘禹锡有诗云:"唯有牡丹真国色,花开时节动京城。"清朝时牡丹曾被当作国花。

霓裳,神仙的衣裳。屈原《楚辞·九歌·东君》有"青云衣兮白霓裳,举长矢兮射天狼"之句。

七绝　安吉

万亩茶林蕴契机，
千顷竹海更相宜。
农家旧址呈新貌，
安且吉兮古越奇。

作于 2021 年 5 月 14 日浙江安吉。平水韵上平声"四支"韵。

茶，安吉白茶。

安且吉兮，既舒适又美观，出自《诗经·唐风·无衣》："岂曰无衣七兮？不如子之衣，安且吉兮。"为安吉县名之来源。

古越，安吉为古越国王城所在地，考古已证实古越国都城及王侯陵墓。

五绝　观良渚

良渚五千年，
叹息难入眠。
尘烟先祖泪，
薪火有人传。

作于 2021 年 5 月 16 日。平水韵下平声"一先"韵。

良渚，古城遗址，位于浙江省杭州市余杭区，始建于公元前 3300 年，是中国最大的史前城址，被誉为"中华第一城"，2019 年列入世界遗产名录。

七绝　金溪

一路花开到竹桥,
大坊游垫乐逍遥。
古村保护出新景,
绿水青山似画描。

作于2021年5月17日。平水韵下平声"二萧"韵。

花,格桑花。

竹桥、大坊、游垫,江西金溪县古村名。

五律　三清山

　　　　人道三清秀，
　　　　岩泉云雾松。
　　　　女神藏丽影，
　　　　巨蟒现真容。
　　　　飞瀑流逾响，
　　　　杜鹃开正浓。
　　　　道家寻不见，
　　　　再上玉京峰。

作于2021年5月18日下午。平水韵上平声"二冬"韵。

三清，三清山，位于江西上饶市，因玉京、玉虚、玉华三峰宛如道教玉清、上清、太清三神而得名。三清山是道教名山，世界自然遗产地、世界地质公园。

女神、巨蟒，著名景点。

玉京峰，海拔1816.9米，为三清山最高峰。

五律　庐山

洪都方别过，
再会上庐山。
车跃葱茏里，
心游云雾间。
雨疏林郁郁，
夜静水潺潺。
畅叙人难寐，
情深观笑颜。

作于 2021 年 5 月 18 日夜。平水韵上平声"十五删"韵。

洪都，南昌市别称。

葱茏，青翠茂盛，毛泽东同志曾有咏庐山诗句"跃上葱茏四百旋"。

郁郁，茂密青葱。

五律　大足

调研辞大足,

夜话两江滨。

桥上人行走,

洞中车正巡。

朝天门会客,

大佛寺亲民。

欲览巴渝美,

再来续果因。

作于 2021 年 5 月 21 日。平水韵上平声"十一真"韵。

大足,指大足宝顶山千手观音维护工程。"千手观音"雕凿于南宋中后期,该造像在八十八平方米崖面上刻有八百二十只手、眼,集雕塑、彩绘、贴金于一体,状如孔雀开屏,金碧辉煌。近年由所属相关专业单位修复完成开放。调研后手记:千手千眼千年坐,识心识性识慧根。

七绝　三星堆

尊罍金玉忆蚕丛，
鱼鸟象牙源祖灵。
古蜀千年呈异彩，
九坑惊世雀开屏。

作于2021年5月28日中华文化全球推广三星堆推介会当晚。平水韵下平声"九青"韵。

尊罍，古代青铜酒器。

金玉，这里指出土的金面具及玉璜、玉戈等。

蚕丛，古蜀国开国之王。

鱼鸟，皆为古蜀国崇拜的神灵。

九坑，三星堆考古发掘出的九个祭祀坑。

五律　鼓浪屿

三至日光岩，
闻听鼓浪声。
凤凰欢列道，
鹭鸟喜相迎。
雅赏风琴韵，
欣观别墅情。
金门衣带水，
日夜望潮平。

作于 2021 年 6 月 4 日厦门。平水韵下平声"八庚"韵。

日光岩，鼓浪屿最高处，有"鹭江第一"之称。

凤凰，凤凰木，又称火树，厦门市花，每年 6 月至 9 月开花，"叶如飞凰之羽，花若丹凤之冠"，故名凤凰木，是著名的热带观赏树种之一。

别墅，鼓浪屿遗存各种中西建筑式样的别墅数百处,被誉为"近代建筑博物馆"。

  衣带水,一衣带水,金门与厦门隔水相望,相距仅约十公里。

七绝　泉州

　　老子吟经函谷关，
　　东来紫气至清源。
　　刺桐江海连天下，
　　桥上洛阳怀故园。

　　作于2021年6月5日泉州。平水韵上平声"十三元"韵。

　　清源，清源山，山脚正对泉州城开元寺大雄宝殿处有宋代石雕老子像。

　　刺桐，泉州古称。

　　洛阳，洛阳桥，北宋时蔡襄监造。泉州当地人许多是中原地区(主要是河南省)移民后裔。

七绝　甘泉岛

劈波斩浪水连天,
永乐甘泉有火烟。
遗址千秋祖宗佑,
海疆万里好行船。

作于2021年6月8日三沙市。平水韵下平声"一先"韵。

永乐,永乐群岛。

甘泉,甘泉岛,属永乐群岛的一部分,岛上有古代甘泉井等遗址,为第六批全国重点文物保护单位。

五律　辽博

棒棰方惜别，
车行至沈阳。
史前文物盛，
唐宋画书藏。
周昉线条美，
东坡笔法强。
常观贤圣迹，
霁月与风光。

作于2021年7月8日返京高铁上。平水韵下平声"七阳"韵。

辽博，辽宁省博物馆。

棒棰，棒棰岛，位于大连市境内。

史前，中国史前史（约170万年前—约公元前21世纪）。

周昉，唐代著名画家，擅画人物、佛像，尤其擅长画贵族妇女,他是中唐时期继吴道子之后的重要人物画家。周昉创造的最著名的佛教形象是"水月观音",他的佛教画曾成为长期流行的标准,被称为"周家样",辽宁省博物馆收藏有他的传世作品《簪花仕女图》卷。

东坡,苏轼,号东坡居士,北宋著名文学家、书法家、画家,辽宁省博物馆收藏有他的书法真迹。

七绝　南疆

葡萄美酒果花香，
渠水林荫伴艳阳。
若不亲闻都塔尔，
非知身处是南疆。

作于 2021 年 7 月 20 日新疆维吾尔自治区阿克苏市。平水韵下平声"七阳"韵。

都塔尔，维吾尔族民间唯一的指弹弦乐器，可独奏，也可与手鼓一起为歌舞伴奏。维吾尔族谚语"没有都塔尔就没有宴席"。

七绝　格登碑

黄沙铁骑忆边城,
绿草肥羊歌舞声。
万里天山寻古迹,
祖宗疆域格登行。

作于2021年7月22日新疆维吾尔自治区伊犁州昭苏县。平水韵下平声"八庚"韵。

边城,指清朝伊犁将军管辖下的以惠远城为中心的九座边城,统称"伊犁九城",现保存较好的是被称为"伊犁九城"之首的惠远城,城内有将军府旧址。

格登,格登山,位于昭苏县城的西南方向中哈边界,山上建有《平定准噶尔勒铭格登山之碑》,简称格登碑、格登山碑。碑的顶端刻有蟠龙,正面刻有"皇清"二字,背面刻有"万古"二字,碑座是日出东海的浮雕图案。碑文正面用满、汉文,背面用蒙、藏文共四种文字刻着乾隆皇帝的御笔,以汉文计共二百一十余字,全文竖排,主要记载清军平定准噶尔部首领达瓦齐叛乱、收复伊犁的战绩。

七律　阿里

老夫不惧远高寒，
入藏由疆作往还。
西域北庭边塞险，
班湖喜脉国防艰。
神山圣揩祥云色，
古格羊同蚀土颜。
文物发声知一统，
讲传故事莫松闲。

作于2021年7月27日西藏自治区阿里狮泉河畔。平水韵上平声"十五删"韵。

阿里，阿里地区，是喜马拉雅山脉、冈底斯山脉、唐古拉山脉和昆仑山脉相汇之地，又是境内外几条著名江河的发源地，故被称为"万山之祖""百川之源"。

远高寒，阿里地区距离拉萨市约1500公里，平均海拔4500米，平均最低温为摄氏零下20度。

西域北庭，古代西域都护府、北庭都护府遗址所在地均为边疆地区。

班湖，班公湖，位于西藏自治区阿里地区和克什米尔边境，我国和印度对该湖归属存有一定争议，近年印方不断挑起争端。

喜脉，喜马拉雅山脉，藏语意为"雪的故乡"，是世界海拔最高的山脉，东亚大陆与南亚次大陆的天然界山，也是中国与印度、尼泊尔、不丹、巴基斯坦等国的天然国界。

神山圣措，神山圣湖，冈底斯山脉和喜马拉雅山脉共同孕育了南亚诸大河流，其中冈仁波钦雪峰是狮泉河、马泉河、象泉河和孔雀河的主要源头，它们分别又是印度河、雅鲁藏布江（布拉马普特拉河）、萨特莱杰河和恒河的上源。自古以来印度教和藏传佛教徒都视冈仁波钦雪峰为"神山"，它是佛教徒心目中的"世界中心"。圣湖玛旁雍错在神山以南、纳木那尼雪峰北侧，它也是史料记载的汉族神话传说中西王母居住的"瑶池"，印度佛教徒称其为"圣湖"。

古格，古格王朝，遗址位于阿里地区札达县境内一座土山上，王宫城堡从10—16世纪不断扩建而成，占地约十八万平方米，房屋建筑、佛塔和洞窟密布全山，形成一座庞大的古建筑群。

格,古语入声。

羊同,即象雄,象雄古国横跨中亚地区及青藏高原,古汉文音译象雄为羊同、羌同或扬同,近人音译为象雄,早在公元前5世纪就产生过神秘的远古文明,曾经在青藏高原显赫一时,苯教文化形成于此,公元8世纪被吐蕃王朝所灭。

蚀土,因土质风蚀而形成的土林风貌。

五律　太行峡谷

再进太行山，
壶关换旧颜。
层峦林色秀，
峡谷水声潺。
白练飞岩隙，
青龙吼脚间。
高湖平似镜，
垂钓可休闲。

作于2021年8月2日长治市。平水韵上平声"十五删"韵。

壶关，山西省长治市县名，西汉初置县，属上党郡，因古壶关口山形似壶，且在此设关，故名壶关。

练，丝帛，泉泻如练。

高湖，高峡之湖。

五绝　致球友

申酉正天凉,
网前抽切忙。
巧逢秋雨夜,
茶话意情长。

作于2021年8月14日(农历七月七日)晚,运动品茶归来即兴赠球友。平水韵下平声"七阳"韵。
　　申酉,时辰。

五律　观道

去岁冬云下，
今朝秋日归。
石猴祈福禄，
孔雀自芳菲。
观道澄怀静，
品茶望月微。
任由航苇往，
运幸悟玄机。

作于 2021 年 9 月 5 日晚离开白云观途中。平水韵上平声"五微"韵。

石猴，白云观石猴，相关民间传说较多。

福，古音入声。

微，精微，精深奥妙。

航苇，代指小舟。《诗·卫风·河广》："谁谓河广，一苇杭之。"苏轼《前赤壁赋》："纵一苇之所如，凌万顷之茫然。"

七绝　仁怀

慕名久久至仁怀，
酒似花香十里开。
玉液琼浆虽是好，
最依文化是将来。

作于2021年9月8日晚仁怀市。平水韵上平声"十灰"韵。

十里，虚数，一入仁怀界，即闻酒香来。

文化，茅台酒的未来系于文化，文化必将赋予茅台酒以新的含义与使命。

五律　遵义会址楼

九月刚逢九,
调研遵义楼。
音容犹在侧,
会议似才休。
睹物胸怀敬,
追思志业谋。
娄山千仞秀,
赤水万年流。

作于 2021 年 9 月 9 日晚遵义市。平水韵下平声"十一尤"韵。

九,九月九日是伟大领袖毛泽东主席忌日。

娄山,位于贵州遵义市,毛泽东同志曾写有《忆秦娥·娄山关》一词。

赤水,当年红军"四渡赤水"的故事尽人皆知。

七律　访阳明洞

阳明洞外静心修,
铜像威严柏木幽。
顿悟"良知"龙驿地,
践行"三立"赣江游。
域中弟子传今古,
海外随从遍亚欧。
布道弘文重倡议,
知行一体启千秋。

作于 2021 年 9 月 10 日晚贵阳,适逢教师节。平水韵下平声"十一尤"韵。

阳明洞,位于贵州省贵阳市修文县城东栖霞山,因明代著名哲学家、教育家王守仁正德三年(1508)谪为龙场(今修文县城)驿丞时居于此而得名。王守仁,字伯安,浙江余姚县人(今余姚市),自号阳明子,故学者称其为阳明先生,与孔子、孟子、朱熹并称为孔、孟、朱、王,声名、学说远播韩国、日本、东南亚及欧美国家,其"无善无恶心之体,有善有恶意之动,知善知恶是良知,为善去恶是格物"的"心学"体系是东方文化的重要组成部分。曾国藩曾评价说:"王阳明矫正旧风气,开出新风气,功不在禹下。"美国哈佛大学教授、新儒家学派代表人物杜维明断言,21世纪是王阳明的世纪。

心修,修心,内修于心。

铜像,著名雕塑艺术家袁熙坤创作的王阳明青铜铸像。

良知,致良知,这是王阳明的心学主旨。

三立,立功、立德、立言,被称为"三不朽"之事,王阳明是史上屈指可数的既"立德""立功"又"立言"的"三不朽"之人,至今受世人敬仰。

龙驿,龙场驿。

赣江,代指江西省,王阳明心学理论的主要践行之地。

五律　上黄山

　　　　　一梦十年过，
　　　　　再逢迎客松。
　　　　　层峦争峻秀，
　　　　　万木竞葱茏。
　　　　　峡谷阳光照，
　　　　　峭崖云雾浓。
　　　　　登高人不老，
　　　　　丘壑自心胸。

　　作于2021年9月12日晚下黄山途中。平水韵上平声"二冬"韵。

　　再逢，2000年以来大约每隔十年一次，先后三次上黄山。

　　迎客松，黄山的标志性景观。

　　峡谷，西海大峡谷。

　　峭崖，沿途莲花峰、天都峰、莲蕊峰之悬崖峭壁。

七律　徽州古村落

秋来徽府稻禾香，
天有阴晴地绿黄。
西递宏村遗产地，
白墙黛瓦水山乡。
旅游业态呈全域，
传统民居隐巷坊。
万里书行为快事，
仁和文化远流长。

作于2021年9月13日晚返京飞机上。平水韵下平声"七阳"韵。

徽府，徽州府，皖南一带。徽州文化极具特色，近年"徽学"被誉为与敦煌学、藏学比肩而立的中国三大地方学派之一，人称"东南邹鲁、礼仪之邦"。

西递、宏村，皆为徽州古村落，为世界文化遗产，被称为"中国画里乡村""桃花源里人家"。

书行,读万卷书,行万里路。

仁,中国古代重要的道德标准、人格境界及哲学概念。

和,和谐,孔子有"礼之用,和为贵"之说。

七绝　协和

协和百载庆辉煌,
论古谈今小礼堂。
院士胸怀文化志,
医科古建艺相当。

作于 2021 年 9 月 17 日,呈老同学。平水韵下平声"七阳"韵。

协和,协和医学院。

小礼堂,协和百年建筑代表。

院士,同学院校长为中国工程院院士。

七律　月圆

逢此中秋月最圆，
嫦娥起舞桂花边。
葡萄架下留甜爽，
红果枝头正美鲜。
当院焚香先祖近，
四方献祭众神前。
终年忙碌难闲静，
今夜天人共不眠。

作于2021年9月21日晚，中秋之夜。平水韵下平声"七阳"韵。

桂花，桂花树，传说中的月宫神树。

鹧鸪天　青海

小雪初临青海头，
一朝千里览深秋。
瞿昙彩画敦煌比，
热水坟丘吐谷留。

思过往，
望中州。
宗巴格鲁拓新畴。
为权自古人和贵，
一体多元共济舟。

作于 2021 年 10 月 15 日西宁。《鹧鸪天》，词牌名，又名《思佳客》《醉梅花》等，双调各三平韵。平水韵下平声"十一尤"韵。

瞿昙，瞿昙寺，始建于明洪武二十五年（1392），是一座藏传佛教格鲁派寺院，洪武二十六年明太祖朱元璋赐名"瞿昙寺",该寺彩色壁画堪比敦煌。

热水坟丘,热水墓葬群,位于青海省都兰县察汗乌苏镇热水乡热水沟内,其中"血渭一号墓"是热水墓葬群乃至青藏高原发现的布局最完整、形制最复杂的高等级墓葬之一,是吐蕃赤德祖赞时期的吐谷浑王陵。

中州,指中原地区。

宗巴,宗喀巴(1357—1419),藏传佛教格鲁派(黄教)的创立者、佛教理论家,被传为文殊菩萨转世,在藏传佛教中具有崇高地位,有"第二佛陀"之称。因诞生于宗喀地区(今塔尔寺所在地一带),人们以地名尊称大师为"宗喀巴"。

人和,人心归一,上下团结,出自《孟子·公孙丑下》:"天时不如地利,地利不如人和。"和,为"中和""和谐"之意。《中庸》里讲:"中也者,天下之大本也;和也者,天下之达道也。致中和,天地位焉,万物育焉。"是中华民族独有的一种处世观念。

踏莎行　对话会

骤降新冠，
闭封不见，
临时会址成无线。
联通卅六急如星，
把关外事同交战。

西北洋腔，
东南土语，
文明倡议齐言善。
卅年改革拓新元，
汉唐气象重开宴。

作于2021年10月29日。《踏莎行》，词牌名，又名《踏雪行》《踏云行》《喜朝天》等，以晏殊《踏莎行·细草愁烟》为正体，双调仄韵。平水韵去声"十七霰"韵。

对话,指2021年亚洲文化遗产保护对话会,共有三十六个国家和五个国际组织代表参加,二十七个国家签名发出亚洲文化遗产保护倡议,十个国家发起成立亚洲文化遗产保护联盟。

新冠,新冠肺炎病毒。

无线,指网络视频。

卅六,指三十六个国家。

西北,指西北诸亚洲国家。

东南,指东南亚国家。

卅,四十。

汉唐,汉朝、唐朝,指盛世。

七律　立冬

　　立冬时日雪茫茫，
　　满树梨花覆落黄。
　　美景怡神诗雅致，
　　清茶品味墨馨香。
　　浮萍五九初心在，
　　烟雨人生本性刚。
　　何谓前台成幕后，
　　铜壶垒灶再开张。

作于 2021 年 11 月 7 日晚。平水韵下平声"七阳"韵。

立冬，二十四节气之一，与立春、立夏、立秋合称四立。

梨花，喻作雪花。

落黄，飘落的黄叶。

五九，五十九年。

铜壶垒灶,出自京剧《沙家浜》唱词:"垒起七星灶,铜壶煮三江。"

江城子 战未央

老夫球赛战犹狂,
左来防,
后攻将,
呐喊声声,
底线网前强。
龙虎相争余代价,
嚓咔响,
腿撕伤。

友朋频问热心肠,
送医汤,
荐良方,
不日痊康,
霜鬓亦平常。
雕盼青云奚肯卧?
重换喙,

再飞翔。

作于2021年11月13日晚。《江城子》，词牌名，又名《村意远》《江神子》《水晶帘》，双调平韵。平水韵下平声"七阳"韵。

霜鬓，指年老。

雕盼青云，化自刘禹锡《始闻秋风》诗"马思边草拳毛动，雕眄青云睡眼开"之句。

换喙，老鹰换喙，寓言故事讲老鹰活到四十岁就会拔毛断喙，然后重生。

临江仙　访王老

青少仰名承雨露，
又披元月春光。
睿明幽默语非常。
笑谈文界事，
惠赐好辞章。

隐市拜寻旗手健，
描书当代铿锵。
青春自信最芬芳。
烟云时聚散，
老骥领征航。

作于2022年1月2日京郊归来途中。《临江仙》，词牌名，原唐教坊曲，又名《谢新恩》《雁后归》《画屏春》等，正体双调平韵。平水韵下平声"七阳"韵。

王老，指当代著名作家、学者、文化部原部长、中国作家协会名誉主席、"人民艺术家"国家荣誉称号获得者王蒙先生。

辞章,指作品。

隐市,出自晋代王康琚《反招隐诗》:"小隐隐陵薮,大隐隐朝市。"

青春自信,一语两关,既指先生本人,又指先生著作。

七律　新生

人生花甲再迎新，
烟雨苍茫一路人。
十六学游终博导，
卅余公务作良臣。
笑谈过往艰辛事，
心向天空自在辰。
纵览五洲遗产地，
逍遥从此是吾身。

作于 2022 年元月上浣。平水韵上平声"十一真"韵。

博导，博士生导师。

卅，四十。

辰，星辰。

遗产，历史文化遗产。

七绝　春城瑞雪

春城二月遇天寒,
鸥鹭滇池舞翠澜。
雪打茶花呈别样,
琼芳惹得众人欢。

作于2022年2月22日昆明市。平水韵上平声"十四寒"韵。

琼芳,雪之雅称。

七律　香格里拉

虎跳金沙惊叹多，
雪峰远近竞嵯峨。
一声鸣鹤响云彩，
万点金光撒海波。
几处经幡茶马道，
半城花草庆欢歌。
滇西古镇观奇境，
神秘康巴美奈何。

作于 2022 年 2 月 24 日香格里拉市。平水韵下平声"五歌"韵。

虎跳，虎跳峡。

金沙，金沙江。

雪峰，指梅里、哈巴、石卡雪山。

鹤，黑颈鹤。

海，纳帕海。

康巴，康巴地区。

五律　寻春

寻春云水地，
拄杖上山巅。
心旷众峰远，
情怡桃李前。
溪流添绿意，
残雪竞花妍。
野径暄风暖，
逸闲人自然。

作于2022年3月20日京郊归来途中。平水韵下平声"一先"韵。

云水，地名，又指山水间。

暄风，春风。

七律　赠家乡友人

迁永多年成故乡，
如烟往事俱情长。
黄河岸畔粮棉广，
五老峰前花果香。
鹳雀楼头兴旅业，
条山脚下富工商。
为公作友堪称道，
千里飞鸿祝顺康。

作于2022年3月29日京城，闻听贤弟右迁离永有感而作。平水韵下平声"七阳"韵。

迁，古指官职变动。

永，永济。

条山，中条山。

阮郎归　新伙伴

春来秋去又一场，
雁群鸣阵行。
雪泥鸿爪寄苍茫，
悟心顺者昌。

新伙伴，
老同窗。
网球队伍强。
健身生产两相帮，
青春岁月长。

作于2022年4月3日晚，欢迎老同学入球队有感。《阮郎归》，词牌名，又名《碧桃春》《宴桃源》等，双调平韵。平水韵下平声"七阳"韵。

雪泥鸿爪，出自苏轼《和子由渑池怀旧》诗。

扬州慢　怀古

表里山河，
心怀南望，
疫情阻断归程。
菜花黄满地，
念祖在清明。
捋根脉、亲恩永记，
世传耕读，
何奈枯荣。
叹少年故事，
梦开识得长缨。

桑田沧海，
卷舒间、云淡风轻。
自十一离家，
鬓斑花甲，
唯骨铮铮。

遍踏洞天名胜，

人依旧、未改乡声。

愿年年此日，

焚香敬拜先茔。

  作于2022年4月5日清明节。《扬州慢》，词牌名，正体双调平韵。平水韵下平声"八庚"韵。

  表里山河，指山西，出自左丘明《左传·僖公二十八年》："子犯曰：'战也。战而捷，必得诸侯。若其不捷，表里山河，必无害也。'"杜预注："晋国外河而内山。"

一剪梅　法源寺

法海之源此道场。
起于初唐，
名于清皇。
千年故事总传扬。
后有徐郎，
再有敖狂。

崇效天宁极乐方，
昨日沧桑，
惟此流芳。
天开十瓣是丁香。
红也花王，
粉也思乡。

作于 2022 年 4 月 17 日晚法源寺赏花归后。《一剪梅》，词牌名，又名《一枝花》《腊梅香》《玉簟秋》等。

正体双调六十字,前后阕各六句、三平韵。另有变体。平水韵下平声"七阳"韵。

法源寺,位于北京市西城区教子胡同南端东侧,始建于唐贞观十九年(645),初名悯忠寺,清雍正年间重修时改今名。寺庙作为一座文化坐标见证了上千年的历史变迁,被称为"一座法源寺,半部中国史"。

法海之源,清乾隆皇帝所题。

徐郎,指徐志摩,1924年春天与林徽因等陪同访华的印度诗人泰戈尔到访法源寺。

敖狂,指作家李敖,曾出版《北京法源寺》一书。戊戌变法失败后,谭嗣同等维新志士遗体曾一度被偷藏在法源寺。

崇效天宁极乐,均为寺庙名称,据说古时京城"四大花事"为崇效寺的牡丹、天宁寺的芍药、极乐寺的海棠和法源寺的丁香。

十瓣,丁香树一般花开四瓣,五瓣以上即少见,但法源寺有多达十瓣的丁香花。

花王,指牡丹,人称"花中之王"。

思乡,指海棠花,又称断肠花。

六州歌头　庆开张

蓦然回首,
花甲已相迎。
当年事,
关山度,
马嘶鸣。
壮前行。
勿忘农家子,
教师乐,
人力适,
信访切,
文物幸,
岁峥嵘。
是是非非,
幕后台前里,
尽写生平。
纵王侯将相,

身后任谁评？
云淡风轻。
笑功名。

暂停重起，
青春再，
心不老，
又登程。
大变局，
新时代，
举霓旌。
莫休兵。
展望交流业，
通欧美，
睦台情。
谈友好，
为共享，
讲双赢。
活起中华故事，
使人解、进步和平。
更论诗书画，
兼写作吹笙。

一派清明。

作于2022年4月19日中华文物交流协会新址挂牌仪式后。《六州歌头》，词牌名，正体双调一百四十三字，前阕十九句八平韵，后阕二十句八平韵。平水韵下平声"八庚"韵。

教师、人力、信访、文物，分别指教育、组织、信访、文物四类不同工作。

霓旌，彩旗、大旗。

台，台湾同胞。

进步，中华文物交流协会的理念为：友好、交融、共享、进步。

吹笙，出自《诗经·小雅·鹿鸣》："呦呦鹿鸣，食野之苹。我有嘉宾，鼓瑟吹笙。"

七律　换场

职场卅载不寻常，
苦辣酸甜几尽尝。
风雨阴晴原有意，
江湖冷暖本无妨。
何时一觉自然醒，
难得漫天花草香。
沧海曾经落帆去，
白云深处寄辞章。

作于2022年5月西山脚下。平水韵下平声"七阳"韵。

卅，四十。

江湖，一语双关。

沧海，化用唐代元稹"曾经沧海难为水"之意。

白云，化用宋代苏轼"白云深处是吾乡"之意。

后　记

不觉间年届花甲,四十多年工作已如烟云。2018年6月到文物部门工作后下基层出差多,因外事活动出国出境也不少,工作途中感触良多,就利用车上、机上、晚上时间,在手机上把这些一瞬即逝的感受记录下来,留作纪念。有的当时即与周边同事、同学和朋友们共享,有的也就一记了之。临退之际,把这几年所写的这些与工作有关无关的文学性东西加以收集整理,古体诗词一百二十首,散文十一篇。其他与工作紧密相关的政论性文稿不在此列。

翻阅这些文字,过去工作、生活中的点点滴滴不由得涌上心头。壮美的祖国山河,神奇的异域风光,丰赡的历史遗产,宝贵的精神财富,精彩的文化故事,崇高的文物事业,无不时刻荡漾情怀,激励心志,迸发活力,使人常年处于亢奋状态,好像浑身都有使不完的劲儿,想不尽的事儿,总想倾诉一二。所写所记,信马由缰,文自心生,情由感出,或纪实,或抽象,或抒情,或感叹,多数大处着眼，宏观谋篇，而尽量小处切入，不拘一格。基于早年经历，偏喜古典诗词，加之工作之余片段时间有、大块时间紧的缘故，近年所作近体诗较多一些。为数不多的一些散文，大多是沾了出差路途远、飞行时间较长的光，才得以借此时空写就。窃以为，所有作品均是真情流露，首先是写给自己、净化自身、留作纪念的，然后才示之于人共赏或批评。既为近体诗词，自当遵守相关格律要求，尽可能合辙押韵，如同在五线谱上弹跳的音符道理一样，这也是一切艺术创作的基本要求。即使有时眼高手低，内心总一直是循规蹈矩的，且乐此不疲。

　　面对丰富多彩的工作与生活，常常有写作的冲动，大有不吐不快之感，但时间的关系又不能从容尽情。回头再看这些"作品"，虽瑕疵不少，但心里还是蛮喜悦的。只是写作过程难免有时苦恼，也会耽误一些休闲的时间，使个人的工作生活更为紧张。也有一些半成品，因时过境迁就再没有心情与时间去修补了，反过来又常自责时间抓得还是不够紧。好在写作与写字不同，书技虽差，却常常欠朋友债，答应了又没时间写，无意中让人误会成自以为是或自以为宝。写诗作词倒没有人催，也不会有人知道那些未成品的模样，大致属于乘兴而作、兴尽即罢的自娱自乐，而乐时常也就真在其中了。

乐而广之，小集成册，以博亲朋好友们一笑，也算在文物部门工作与生活的一点浮光掠影。总冠名《河东笔记》，是对家乡的一种纪念。河东故郡在山西晋南一带，因处黄河以东故名。一苇所如，出自苏轼《前赤壁赋》："纵一苇之所如，凌万顷之茫然。"源于《诗经·卫风·河广》："谁谓河广？一苇杭之。"

感谢文物领域同事们的支持与帮助，感谢中华诗词学会原会长、故宫博物院原院长郑欣淼先生赐序勉励，感谢中国书法家协会原会长苏士澍先生赐墨襄赞，感谢人民文学出版社鼎力支持。

是为记。

著者

2022年2月